Martin Kluger

Der Koch, der nicht ganz richtig war

Martin Kluger

Der Koch, der nicht ganz richtig war

Geschichten

DuMont

Erste Auflage 2006

Umschlag: Zero, München
Satz: Greiner & Reichel, Köln
Gesetzt aus der Dante
Gedruckt auf säurefreiem und chlorfrei gebleichtem Papier
Druck und Verarbeitung: Clausen & Bosse, Leck
Printed in Germany
ISBN 10: 8321-7853-8
ISBN 13: 978-8321-7853-6

OFF THIS GIBBERING WORLD
WE SHALL FALL.
READ MADNESS.
ACCEPT NOTHING.
ACCEPT ALL.

Malcolm Lowry

Für Maureen, Kareen, Myriam, Eugenio, Federico, Lara
und *in memoriam*
Maurice

Montevideo

Das Schlafzimmer meines Vaters: hoch, so hoch ich denken kann, und schmal, und ein weinroter Ledersessel stand in diesem Zimmer, der hatte zwei brüchige Falten auf seiner Sitzfläche und roch jedes Jahr ein paarmal nach Leder. Die Wände grau und kahl, rostrot die Nägel, an denen Bilder nie gehangen hatten. In der Mitte des dunkelblauen Teppichs ein erloschener Stern. Der weiße Kleiderschrank schwankte an der Wand neben der Tür, und die Tür ging nur wenige Handbreit auf. Europäische Zeitungen aus vier oder fünf Jahrzehnten bildeten die Berge in diesem Zimmer, Briefe aus fünf oder sechs Jahrzehnten die Täler. Zeitungen aus den Hauptstädten des Abendlandes, das mein Vater nie bereist, Briefe aus Berlin nach Berlin Steglitz, das mein Vater nie verlassen hatte. Ein klinisch grelles Licht schien Tag und Nacht über dieser Landschaft.

Im engen niedrigen Bett, in dem ich als Später und Einzelner in die Welt gezeugt wurde, doch niemand wußte Genaues, lag mein hagerer Vater und starb seinen Tod. Es roch nach gespitzten Bleistiften, manchmal im feinkörnigen, elektrisch beleuchteten Licht zum Abend roch es nach jungen Kastanien, geschältem Holz, warmem Kakao.

Hinter den hohen Fenstern nach Süden regnete es auf dem Fichtenberg. Es regnete überall auf der Welt.

Das war im April, hustende Patientinnen besuchten den sterbenskranken Doktor, sie brachten Blumen, Gedichte, Wetterberichte. Die sehr Alten, die Treuen, die alten treuen Frauen aus

Steglitz brachten Ringe, Taschenuhren, Kettchen, Pillendosen mit verwegenen Initialen in Sütterlinschrift, von denen sie sich so spät erst, nach so vielen Jahren Leben, trennen mochten. Es war die Aufgabe der schlaflosen Sprechstundenhilfe, diese Wertgegenstände diskret zu verpacken und an die verliebten alten Frauen zurückzuschicken. Die Sprechstundenhilfe wusch ihn. Schweißtriefend im Persianermantel zwängte sie sich durch die Schlafzimmertür und flüsterte ihm etwas ins Ohr. Mein Vater nickte.

Drei Monate zuvor war mein Vater in einem Traum zum Morgengrauen erblindet. Er wachte auf und war blind. »Es riecht nach Bleistiften«, sagte er.

Das Bindegewebe im Gehirn meines Vaters erwachte zu unbekanntem Leben. Was ging dort oben vor? Zwei Wochen später lähmte das Gliom seine linke Seite vom Scheitel bis zur Sohle. An einem Abend im Februar sah ich unter der Bettdecke sein erigiertes Glied und wußte, daß er sterben würde. Er sprach in sehr langen Sätzen. Wenn er die schmerzstillenden Medikamente absetzte, las ich ihm vor. Die Erektion tat ihm in der Seele weh. Vor der graugrünen Leere des erkalteten Fernsehschirms im Wohnzimmer saß seine Sprechstundenhilfe mit geschminktem Mund, falschen Wimpern, Lidschatten violett, und niemand wußte, woran sie dachte. Schlafen sah ich sie nie.

Die bunten Kinder ließen ihre Schulmappen die Zeunepromenade hinuntertrudeln, die Hunde bellten, die Mädchen gingen Tierbücher suchen in der Stadtbibliothek, im alten Wasserturm am Fichtenberg richteten die Meteorologen ihre empfindlichen Instrumente aus, es regnete im Mai, und mein Vater starb sehr langsam.

Freunde hatte er keine. Kollegen männlichen Geschlechts

mieden ihn, wie er sie mied. Eine Frau rief an aus Übersee, aber ich verstand sie nicht. Das Rudel der Patientinnen belagerte Praxis und Wohnung in der Wulffstraße am Fuße des Fichtenbergs. Die Sprechstundenhilfe führte sie in den Behandlungsraum, sie betraten ihn zögernd. Noch immer spreizte der schreckliche Stuhl seine Schenkel, doch unter der weißen Plastikplane wirkte er harmlos wie ein nicht enthülltes Denkmal. Andächtig oder frivol sprachen die Patientinnen meines Vaters von der Tragik der Blindheit. In Jahren und Jahren war seinen scharfen Augen nichts entgangen.

Die Blindheit verlieh den dunklen Augen meines Vaters einen mädchenhaften Glanz. Seine runden, pupillenlosen Augen starrten an die hohe Zimmerdecke, im weinroten Ledersessel mit den zwei Falten las ich ihm aus seinem Leben vor, aus Briefen, aus rotumrandeten Zeitungsartikeln in fremden Sprachen, die weder er noch ich beherrschten.

»Es wird kälter«, sagte mein Vater.

Schiffsunglücke faszinierten ihn. Wie viele Tote, wie viele Überlebende? Name des Sturmtiefs? Wann erfolgte Warnung? Farbe der Flaggen? Der atlantische Ozean? »Mörderischer Ozean«, sagte er und starrte mich an. Stürme, Wasser und Wellen, Wellenbrecher hoch wie die Häuser, Winde und Gezeiten, Wolken, Klippen, Nebel, die Himmelsrichtungen. Das Wetter in Berlin Steglitz.

Das Gliom erwachte zu neuem, unbekanntem Leben. Ende Mai wußte er nicht mehr, in welche Richtung er sprechen sollte, er sprach zur Tür, wartete, sprach weiter. »Aufdringliches Wetter«, sagte er. Am Fichtenberg blühten die Kirschen, mit Tierbüchern beladen traten die Mädchen aus der Stadtbibliothek ans Licht des Tages. »Es klart auf«, sagte mein nichtschwimmender

Vater, »es lichtet sich.« Die Sprechstundenhilfe telefonierte stündlich mit dem Krankenhaus. Am Fichtenberg, im Süden, sah ich einen Jungen und ein Mädchen die Grunewaldstraße heraufradeln. Er würde nicht ins Krankenhaus gehen. Hatte er Berlin jemals verlassen?

Als Kind sah er ein »unheimliches Paar« auf der Zeunepromenade und im Botanischen Garten, Mann und Frau von seltener transparenter Dunkelheit, »sie waren so schön«, sagte er, »daß mir unheimlich wurde«.

Meine Mutter starb, als ich drei Jahre alt wurde, an unerwiderter Liebe und anderen Leiden. Niemand wußte Genaues. Ich wuchs auf mit außergewöhnlich jungen, dunkelhaarigen Patientinnen, die nach der Behandlung zum Abendessen blieben, zum Frühstück, zum Mittagessen, von Ostern bis Pfingsten, von Weihnachten bis Himmelfahrt, von Neujahr bis Totensonntag, von Sommeranfang bis Erntedank. Sie klopften mir vorsichtig auf die Schulter, zwinkerten mir zu, kochten mir Pudding.

In der Nacht richteten die Meteorologen auf dem Fichtenberg neue empfindliche Instrumente aus, die Welt verschwamm im Wetter. Mein Vater starrte zur Tür und sprach von den Frauen. Auf dem Balkon saßen die zwei kleinen steinernen Löwen meiner Kindheit und maßen sich mit einem Blick, der nicht enden wollte. Ich öffnete die Fenster weit. Wenn ich die Augen schloß, sah ich meinen Vater kniend am Teltow-Kanal vor einem Modellbauschiff, seine feingliedrigen, dicht behaarten Hände zupften ein Segel zurecht, er pustete es einen Meter kanalabwärts, in Erwartung günstiger Winde.

Er hörte die Vermehrung der Zellen in seinem Hirn, hörte Explosionen, das Rauschen ungeheurer Wellen, fühlte sich den Puls. »Liebe und Frauen«, sagte er, »leicht verwechselbare Wörter.«

Lori Völcker ließ ihn von Detektiven beschatten, gab uns ihren Dackel in Obhut, den ich heimlich zu Tode fütterte, sie schrieb: Nie wirst Du mich los! Wir sind füreinander bestimmt für alle Zeit und Ewigkeit! Theres Richter schrieb: Ohne Dich sind die Tage so leer, Geliebter! Meine Kraft hat Grenzen! Gabriele Pietz rasierte sich in der Küche die behaarten Beine, fegte summend schwarzes Gekräusel zusammen, gab ihm Schlafmittel ins Bier.

Nach Buttersäure stinkend kam meine Mutter müde aus der Anatomie, erinnerte sich mein Vater. Sie setzte sich stumm an den Küchentisch, schälte einen Apfel. »Mit dem Seziermesser!« erinnerte er sich. Er ignorierte das Medizinstudium meiner Mutter, war insgeheim stolz, daß sein Sohn einfach nicht krank werden wollte. »Sie war eine gute Frau«, sagte mein Vater. Zum Frühstück ließ er sich die Voranmeldungen des Tages reichen. »Langweilig«, sagte er.

Susanne Müller hatte eine durchtriebene Art, »Herr Doktor« zu wispern, hörte nachts mit dem Schreien nicht auf, führte nichts Gutes im Schilde. Sie schrieb keine Briefe, sondern telefonierte im Bett, mit vorgeschobener Unterlippe. Djuna Weintraub sprach ein kompliziertes Deutsch, brachte mir einen kleinen schwarzen Kater vom Bergfriedhof. »Saß auf einem Baum«, sagte sie nach langem Überlegen. Hannelore Kuhns Sätze endeten stets mit vier Fragezeichen: Denken Sie wohl an mich???? Dagmar Wieczorek war Studentin der Zahnmedizin und Kleptomanin. Sie stahl ihm fünfzig Mark und einen vergoldeten Füllfederhalter. Sie schrieb: Nachts, beim Schein meiner vielen schönen Kerzen, sehe ich Dein Gesicht vor meinem. Nun sind es nur noch acht Tage! Aber welche Ewigkeit!

»Es wird kälter«, sagte mein Vater dreihundertfünfzig Mal im

Jahr, schnuppernd gegen Wind und Nichtwind, auf den Bänken in den Parks von Berlin Steglitz. Er fragte Patientinnen und mich, die wir in seinen langen Armen lehnten: »Riecht ihr die Wasserwerte?« Oft sah er mich an, als wüßte er nicht, wer ich sei. Vor vielen Jahren, als ich wußte, wer ich war.

Er starb nur langsam. Ich mußte ihm Photographien beschreiben. Junge Frauen und Mädchen in körnig Sepiabraun, schattig Schwarzweiß, grünstichig Chromcolor wanderten durch meine Hände. »Hat sie noch diesen Leberfleck am Kinn?« wollte er wissen. In den letzten Wochen seines Lebens wandelte sich seine Stimme. Aus den Tiefen seines behaarten Brustkorbs förderte die Luft ein jugendlich gebrochenes Kieksen zutage. Hörte er sich reden? Louisa Thiele betrog ihn und ihren Mann mit einem Psychoanalytiker vom Rande Berlins, der ein Ei von einem Huhn nicht unterscheiden mochte. Fritzie Barde entblößte ihre gewaltigen Brüste am Teltow-Kanal, nahm seinen Kopf in beide Hände und flüsterte: Wollen wir tauschen? »Mann und Frau«, sagte mein Vater, »leicht verwechselbare Wörter.«

Die Sprechstundenhilfe flüchtete ins Wohnzimmer. Es war spät geworden im Universum der Krankheit, die zum Tode führt. Ich löschte das klinische Licht, öffnete die Fenster weit in die Dunkelheit. Es regnete auf dem Fichtenberg, der Heimat meines Vaters. Ein Sturm blies vom Atlantik herein, wir befanden uns auf höchster See, unterwegs in die Fremde. Ich sang ihm ein Lied. Sein Name war: Dr. med. F. Saab. F. stand für Felix, med. für seinen Facharzt in Frauenheilkunde. Meine Mutter war: Dorothee Saab, geborene Matthes, Apothekerstochter aus Köln am Rhein. Er heiratete sie in Eile, »weil ich Angst vor ihr hatte«. Meine Mutter war eine vorsichtige Frau, in einem Monat zerbrach sie mehr Geschirr als andere in einem Leben. Sie war Katholikin, mein Vater Jude. Er überlebte das Leben in der Reichshauptstadt mit gefärbten Haaren als Leibgynäkologe und Liebhaber einer Gräfin Levetzow. Meine Mutter war eine blonde Schweigerin, die an mehrere Leben nach dem Tode glaubte. Sie starb zur Musik des protestantischen Kantors und Haustyrannen Johann Sebastian Bach. Mein Vater stellte das Radio ab, streichelte ihre zartroten Wangen, notierte sich die Nummer der Ampulle in ihrer starren Hand. Niemand wußte Genaues.

»Mörderischer Ozean, der Atlantik«, sagte mein Vater und blätterte eine Seite um. Er las Kapitän Hornblower. Ich las in meinem allerschönsten Weihnachtsgeschenk, dem dicken Dschungelbuch. Die Matthäuskirche Berlin Steglitz läutete zur Mitternachtsmette. Auf den lockigen Häuptern der zwei kleinen steinernen Löwen brannten heidnische Kerzen, es roch nach Kastanien und Leder. Ich lag auf dem blauen Teppich mit dem Morgenstern. Mein Vater saß im Morgenmantel im weinroten Ledersessel. Djuna Weintraub saß umständlich gefaltet über und unter meinem Vater in seinem Sessel, sie schlief. Sie sah aus wie der Mohr von Sarotti, aber ihr Gesicht war hell. »Lassen wir sie schlafen«, sagte mein Vater. War er ein guter Arzt?

Es regnete auf dem Fichtenberg. Vom nahen Atlantik blies ein Sturm herein. Wir befanden uns auf höchster See. Mein Vater war blind, halbseitig gelähmt, Zeitungen drohten mit vergessenen Schlagzeilen, Sprachen schreckten mit Konjugationen und phonetischen Unwägbarkeiten, Briefe an meinen Vater meinem Vater verlesen, es roch nach gespitzten Bleistiften, warmem Kakao. »Schau aus dem Fenster!« Ich sah Wassertropfen, Tränentropfen in hohen Lichtern am Rauhen Berg, an meinen Augen flimmerte das Wetter der Welt vorüber. Ich schilderte ihm Djunis Photographie. Ich sang ein Lied. Vom Bett in die

Finsternis sagte seine helljunge Stimme: »Hat sie noch diese Sommersprossen auf der Nase? Ja? Dann muß es Sommer gewesen sein.«

Renaldo Redondo Gomez war verliebt in sie. Sein Stimmbruch wollte nicht weichen. Ahnungslos fällte sie sein Todesurteil, er bekam es nie zu hören. »Der Eisboy wird mit gebrochener Stimme sterben«, sagte sie. Sie sprach die Sprache Spanisch, die Sprache ihrer Mutter.

Renaldo verkaufte Eis am Strand von Punta del Este, vierzehn war er oder fünfzehn schon, und das Geschöpf im Sand am Strand dicht vor seinen Augen für immer unerreichbar. Er betete sie an, zählte ihre Sommersprossen, ritzte ihren Namen in Holz und Stein. Ihr Mund war breit. Sie zeigte zwanghaft ihre perligen Zähne, kräftige Zähne, sie lachte viel, auch wenn es nichts zu lachen gab. Redondo Gomez beobachtete: Sie wippte mit großen Füßen, las ein Buch, lachte. Kaufte ein Zitroneneis, gab ihm klebriges Geld, den Blick in die Ferne gerichtet.

Ihre braungrünen Augen (»Spuren prähistorischer müder Mandelform«) weinten leicht und trockneten schnell und suchten nicht ihn, Gomez, der an einem uruguayischen Halbinselufer des atlantischen Ozeans zusehen mußte, wie sie ins Wasser stürmte in ihrem knapp sitzenden einteiligen Jantzen. Nachts entledigte er sich seines Spermas im Meer, nackt und stumm, die Sterne über Uruguay buchstabierten ihren Namen.

Weiteres wurde nicht über ihn bekannt. Die Angebetete schlummerte im Hotel Santos Dumont, die breiten Lippen leicht geöffnet in Erwartung einer angewärmten Kakaoflasche am Morgen. Damals ging es ihr gut. Am offenen atlantischen Ozean fanden die Filmfestspiele von Cantegril statt. Cary Grant war angekündigt, aber er kam nicht. Sie war zwölf Jahre alt. Sie sagte: »Der Eisboy sah aus, als wollte er mich küssen.« Sie wußte, was ein Kuß war. Ein Roman blieb ungeschrieben am Strand von Punta del Este, das Sperma eines Eisverkäufers trieb durch die Meere der Welt. Jungen in unbekannter Zahl machten ihr Augen, die sie nicht sah.

Sie war weit fort, bereitete sich vor, schuf Raum in ihrer Phantasie. Für wen? In seidenen Nachthemden im besten Hotel am Platz las sie Dumas, Mulford, Disney, sie lernte Rodó und Reissig für die Schule, glühte über der Biographie der Marie Curie, lebte in Kiplings Dschungel, in Carrolls Elfenland mit Sylvie und Bruno, struppige Wölfe mit gelben Zähnen bevölkerten den Strand, als Vater und Mutter des Russen gedachten, der sechs Generationen zwischen zwei Buchdeckel gebracht hatte. Eine gebildete Familie. Sie hörte Mozart, de Falla, Roberto ›El Polaco‹ Goyeneche, den größten Tangosänger aller Zeiten. Marie Curie legte ihr eine schrumpelige Hand auf und erkor sie zur Weltmeisterin in Chemie und Physik. Sie reparierte ein Radio, hörte Perez Prado, Edmundo Rivera, Aníbal Troilo, Ricky Nelson, Little Richard, Mantovani, sie hörte Buena Sera von Louis Prima. War sie zu weltklug für ihn?

Die Sonne schien auf einen braunroten Lockenkopf. Ihre Eltern raschelten mit verschiedenen Zeitungen, hinter denen sie ihre verschiedenen Köpfe versteckten. Ihr Vater hatte rote Haare, ihre Mutter pechschwarze. Ein tempestuöses Temperament schlummerte unter den braunroten Locken der Tochter. Sie schwamm schnell, aß schnell, lernte schnell, vergaß schnell. Sie hatte einen jungen Vater. »Mein Vater«, sagte sie meinem Vater ins Gesicht an einem schwierigen Wintersonntag im Botanischen Garten Berlin Steglitz, »ist viel jünger als du!«

Sie wurde erst spät eine Patientin. Der Facharzt für Frauenheilkunde fand sie lesend am Ufer des Teltow-Kanals. Vier Monate nach dem Schah von Persien traf sie in Berlin ein, in einem langen Rock mit springenden Pferden auf braunen Wollbahnen, einer blauen Bluse von Cerruti, einer Jeansjacke von Levi-Strauss. Sie las Tausend Deutsche Redensarten, in der Stadt brannten die Kaufhäuser. Dr. med. Felix Saab kam den Treidelweg entlanggeschlendert, ein behaarter Jude, dessen scharfen Augen nichts entging. »Ihre Augen zeigten Spuren prähistorischer müder Mandelform«, sagte er. Gemeinsam pusteten sie das Modellbauschiff S. S. David zwei Meter den Kanal hinunter, wartend auf günstige Winde. Ihr Kopf war groß und hart und hoch erhoben, ihre Hände breit und kräftig, rotbraune Locken umkräuselten ein rundes braunes Kindergesicht, in dem ein negroid geschwungener Mund »an Millionen Nervenenden zog«. Sie verglichen die Haut ihrer Hände. »Unsere doppelte Dunkelheit erleuchtete die Dunkelheit«, sagte einer von ihnen, es wurde spät, es wurde Abend im Gebüsch am Teltow-Kanal. Ihre Stimme war kehlig, heiser zuweilen, ihr Gang indianisch rollend, und rollend die Reibelaute ihrer komplizierten Sätze auf Deutsch, der vergessenen Sprache ihres Vaters.

Der Doktor konnte sein Glück nicht fassen, zwei hochschwangere Patientinnen warteten regungslos vor den nichtssagenden Apparaturen im Sprechzimmer, zehn andere besprachen die Lage im Wartezimmer, man verständigte die Polizei, steckte den achtjährigen Sohn mit Baldrian ins Bett, befürchtete das Schlimmste. Hatte sich die Frau des Frauenarztes nicht das Leben genommen? November war es auch noch, die Schwermut der Patientinnen kannte keine Grenzen. Der polizeilich gesuchte Doktor küßte sie damals und dort. Ihr Mund schmeckte nach Zigaretten und Schokolade, ihre Haut roch nach geschältem Holz, warmem Kakao. An einem Nachmittag, an einem Abend erzählten sie sich ihre Leben beginnend bei Moses und hörten nie wieder auf. Er faltete seinen Mantel zu einem Kissen, beschwor die Gefahren der Zystitis für den jungen Körper. »Ich bin ein schüchternes Mädchen«, sagte sie. »Ich bin ein wohlerzogenes Mädchen«, sagte sie. »Ich habe erst fünf Küsse auf meinen Mund erhalten«, formulierte sie. »Darf ich in deiner Gegenwart wohl rauchen?« Sie nannte ihn damals und dort Flixel. Es war keine Liebe auf den ersten Blick, sondern die Sterne über Montevideo und Berlin Steglitz hatten einen spektroskopischen Doppelstern gezeugt, lang, lang vor dem ersten Auftreten des Homo erectus, kosmische Winde hatten die Trübung der Atmosphäre geteilt, und Abendrot und Morgenrot waren eins geworden in der Vorfreude des Naturgenusses dieser Liebe.

»So sah das aus«, sagte Dr. Flixel Saab.

Sie war neunzehn, aus Montevideo am Rio de la Plata, der Hauptstadt des Landes Uruguay, entbunden durch Kaiserschnitt im Hospital Pereira Rossell im Zeichen des Skorpions.

»Eine Zangengeburt hätte dich vielleicht verunstaltet«, sagte Dr. med. Flixel Saab. Sie gingen Arm in Arm über die Schloßstraße, in Nöthlings Paradiesschaufenstern erspähte sie eine südatlantische Frucht. »El país tropical«, sang sie. »Es wird kälter«, sagte der sechsundvierzigjährige Mann in ihrem Arm. Er belog sie von Anfang an und hörte nie wieder auf. Er hatte fünfundfünfzig Steglitzer Jahre Leben hinter sich und erzählte in den schillerndsten Farben von den Häfen der Welt.

»Erkennst du mich wieder?« fragte sie.

Auf Spanisch sagte ihr Vater: »Ich versteh dich nicht, Bea.« Die ganze Familie sang. Ihre Mutter, die rabenschwarzhaarige Beatrice, sang in gebrochenem Italienisch Tutti Mi Chiamano Bionda. Ihr Vater sang mit Francisco Alberto Sinatra Pennies From Heaven. Mit dem Großonkel Gershon Schwander sang ihr kleiner Bruder Wenn Alle Brünnlein Fließen. Sie sang Ne Pleure Pas Jeannette, Il Etait Une Bergère, Ainsi Font Font Font.

Damals am Strand von Punta del Este war ihr Vater, Ludovico mit den roten Haaren, vierunddreißig und dank eines zauberischen Scheckbuchs luftig reich auf märchenhafte Weise. Ein rotblonder hagerer Mann, sah er aus wie ein illegitimer Sohn von Dino Martino oder Davido Niven und steckte seine festverwurzelte lange Nase in Geschäfte der tausendundersten Nacht.

»Ein guter Redner«, sagte sie später stolz und voller Scham. In sechs Sprachen redete Ludovico Geschäftspartner aus aller Welt in fiktive Geschäfte unter dem wohlmeinenden Stern des Selbstbetrugs. Öl in Grönland. Grundstücke in Florida. Schnürsenkel in der Sowjetunion. Krokohandtaschen in unbegrenzter Auflage in Brasilien. Dann verspielte er Kapital und Vertrauen an den gefährlichen grünen Tischen im Casino Carrasco. Chef Ludo hatte litauische Vorfahren, speiste mit dem Präsidenten von Panama, »verlor« seinen Ehering mehrmals im Jahr. Liebling der Frauen. »Liebe und Frauen«, sagte er auf Spanisch, »leicht verwechselbare Wörter.«

Als junges Mädchen liebte sie ihren Vater. Die Sonne schien auf einen rotbraunen Lockenkopf, in dem ungestüme Temperamente eine haarsträubende Zukunft ausbrüteten. Sie war glücklich. Die Welt bestand aus Dulce de Leche, angewärmten Nuckelfläschchen mit warmem Kakao am frühen Morgen. Wie viele junge Jahre erwachte sie mit einem Biberone zwischen den rosigen weichen breiten Lippen, nuckelte warmen Kakao an der gräßlichen Grenze zwischen Schlaf und Leben, fühlte die Hand ihrer Mutter auf der Stirn? Sie träumte von Katzen und Pferden. Sie war geboren im Frühsommer des Jahres 1948, am siebzehnten November, warm und feucht war es in Montevideo, ein Bruder sollte folgen. »Ich sehe einen Berg!« rief einer der Seeleute des Magallanes.

Ludovico der Chef zeugte zwei Kinder, eine Tochter zum Ruhme der Liebe, einen Sohn zum Quälen, ging siebenmal bankrott, schrieb eine Monographie über Exportbestimmungen für Lendensteaks in Dosen, verlieh sich selbst im Anschluß den Titel »Doctor«, spielte Schach, Poker, Poolbillard, Roulette, Baccarat, Black Jack, Craps, sprach sechs Sprachen, wurde mit Haftbefehlen in unbekannter Zahl gesucht in Argentinien und Brasilien. Wo er nicht zu finden war, er schloß sich in sein Zimmer ein, »wenn er Sorgen hatte«, mit einer Flasche Whisky und Bachs Brandenburgischen Konzerten, »con Roberto Casadeus«. Im Seebad von Punta del Este ging es ihm gut. Fiktive Geschäfte blühten im Fiktiven. Er hatte eine außergewöhnlich schöne Frau, die von Anbeterscharen verfolgte, wildäugige Beatrice. Beatrice nannte ihre Erstgeborene Djuna. Noch vor ihrer Geburt hieß Djuna Djuni. Djuna Kelkono war eine finnische Ballerina von Elfengestalt. Am Ende ihrer Laufbahn besuchte die Kelkono als letzte Station einer Südamerikatournee die Stadt Montevideo. Beatrice hatte diesen Auftritt miterlebt und eine Offenbarung erfahren. Zur Musik des eben verstorbenen de Falla tippelte die kurzsichtige Tänzerin Djuni Kelkono an die Rampe und sandte ein hilfesuchendes Blinzeln in die erste Sitzreihe im Teatro Solis. Beatrice wußte, wem dieses Blinzeln galt.

Beatrice (»Ich versteh dich nicht, Bea«) war es leid, Chef Ludo die halbgaren Lendensteaks zu servieren. Sie vererbte ihrer Tochter eine Vorliebe für Hotels mit stilvollem Service.

Djuna, Tochter der Beatrice, kam früh zum Ballett. Sie lernte auch: Hochspringen, Reiten, Fechten, Klavierspielen, Tennis, Pokern, Poolbillard, Reden. Das Schwimmen war ihr angeboren, kein Mädchen in Uruguay tauchte schneller und tiefer und weiter als sie. »Sie hatte Beine kräftig wie Schraubstöcke.«

Djuna oder Djuni oder Djunisita oder Dju war ein frühreifes Mädchen, schüchtern errötend und braun und wild, atemlos altklug und schweigsam und ernst. Mit sechs trug sie silberne Seeräuberohrringe, mit acht befehligte sie eine Bande übelriechender Gassenjungen, die durchs Fenster in die gemietete Villa im Stadtteil Capurro einstiegen, in den dreimal verschlossenen Salon, vollgestopft mit Antiquitäten und Bildern und Teppichen, die Chef Ludo mit seinen Träumen auf Zeit gekauft hatte. Ludo der Chef kaufte Zeit.

Die Sonne ging auf und unter in Montevideo, dem Gefängnis ihrer Kindheit. Sie liebte die Stadt. Sie war freiwillig dort. Sie lernte »die schönste Sprache der Welt«, erhielt ihren ersten Erdkundeunterricht. Unproportioniert schön war sie, mit breiten Schultern, einer knabenhaften Taille, großen Füßen, einem enormen Kopf. Auf den Visitenkarten ihres Vaters stand zu lesen: Dr. Ludovico Weintraub – International Enterprises. Ihre Mutter war Beatrice Algaba Trenado, wollte werden: Malerin, Musikerin (Pianoforte Grande), Schriftstellerin, Ballerina, Schauspielerin, Präsidentin, Photographin, Engel der Armen und Waisen, Psychologin, Bäuerin, Raubtierdompteuse. Sie wurde Frau des Ludovico Weintraub, Charmeur, Hazardeur und Entrepreneur. Er belog sie von Anfang an und hörte nie wieder auf.

Djuna wurde geboren als Djuna Weintraub Trenado. Chef Weintraub liebte seine Tochter, traute ihr nicht, viel später in Quito in Ecuador stahl er ihr eine Zigarette.

1951 bekam sie einen Bruder, Maximilian Weintraub, der sich mit fünfzehn erhängte. Mit zehn hörte Djuna Weintraub Trenado im Radio eine »unheimliche« Stimme.

Was fand sie an ihm? Er hätte ihr Großvater sein können. Djuna Weintraub Trenado wohnte in der Grunewaldstraße 22 in einer Mansarde, wollte Physik studieren, arbeitete im Forsthaus Paulsborn als Kellnerin, eine schwere Geldtasche vor den Bauch geschnallt. »Nicht gut für die Ovarien«, sagte Felix.

Er streichelte sie in einem weinroten Ledersessel, auf einem blauen Teppich mit dem Morgensternmuster eines geisteskranken persischen Teppichknüpfers, in Treibhäusern des Botanischen Gartens, in ihrer Mansarde, am Ufer des Teltow-Kanals, auf der Herrentoilette der Stadtbibliothek Steglitz, nur nicht in seinem eigenen Bett.

Djuna zog in die Wulffstraße am Fuße des Fichtenbergs, zunächst auf eine Couch im Wartezimmer, dann auf ein Feldbett im Schlafzimmer des Doktors. Sie schliefen nebeneinander ein, wie ein Knäuel aus vielen schwarzpelzigen Tieren. Tief in der Nacht kroch Djuna über den Fußboden in ihr Feldbett.

Es war die Liebe des Jahrhunderts. Monatelang sprachen sie nicht miteinander. »Wir lesen uns die Sätze von den Lippen«, logen beide. Sie sprachen ununterbrochen. Niemand wußte Genaues. Von den Tausend Deutschen Redensarten promovierte Djuna zu Dornseiffs Deutschem Wortschatz nach Sachgruppen, aus dem sie Bilder und Bedeutungen zog, die dem guten Doktor gänzlich unbekannt waren.

Felix erklärte ihr Berlin Steglitz und keinen Fuß weit darüber hinaus, das Wetter, die Wirkung ihrer neunzehnjährigen Abwesenheit auf ihn, den Geliebten seit Zeitenanfang. Sie überraschte ihn mit neuerworbenen Kenntnissen in Steglitzer Stadtgeschichte.

»Du lebst in einem Blindenviertel«, sagte sie. »Wenn die Blinden ihre Blindenanstalt sehen könnten! ¡Qué se diviertan!« Felix kaufte ihr einen Wäschekorb im Korbladen an der Rothenburgstraße. »Ihre Schlüpfer sahen verheerend aus.« Die Sprechstundenhilfen wechselten häufig, wurden älter und älter, wuschen und kochten für beide.

Djuna Weintraub war aus Kanada über Rom nach Berlin gekommen. Sie kam als Virgo in-intacta. Das frühe Grätschen der Beine beim Ballett, behauptete sie, habe dies bewirkt. Der Doktor hatte eine andere Theorie.

»Ich weiß nichts von diesen Sachen«, sagte sie heiser im Ledersessel, führte die alte zarte Eichel in einer langsamen Torsion der Hand an ihre geschlossenen prähistorischen Augen, sagte »Er küßt meine Augen«, und Felix brach in Tränen aus. Er führte ihre Hand über ihren im winterlichen Berlin Steglitz erblaßten Bauch, erklärte ihr den fröhlichsten und schnellsten Weg zum Versteck einer wichtigen weiblichen Hautfalte, auf Djunas Hals, auf den runden Kappen ihrer Birnenbrüste erschienen lesbare Zeichen, rotgezackte, zuckende Feuerquallen, sie roch nach geschältem Fichtenholz, harzig, hatte »Beine kräftig wie Schraubstöcke«, ihre ganze Zukunft lag in ihren oft verwirrten, braungrün aufschimmernden Augen, in denen die Farbe ihres Wesens zutage trat: unschuldig und ohne jeden Sinn für Moral. Das waren Schätze, die beschützt werden wollten.

Sah sie in ihm ihren Beschützer? Er war das Gegenteil. Nach

einem Monat schon, dann nach zweien, und zwischendurch, betrog er sie mit den anderen. Er kannte die Anatomie der zigmal gefalteten Schwierigkeit der Vagina, was sah er durch sein Entenschnabelspekulum? Oft war er abwesend in seiner Djuna, Pan schlief, schlaff in seiner Hütte, höhere Dosen Novalgin und Pervetin gefolgt von Bier und Vodka an Sonnabenden und Sonntagen und Mittwochen, wenn er keine kleineren Eingriffe auf dem Terminkalender hatte, zwangen ihn zu Ruhepausen. Er war fünfundfünfzig, hager, behaart, mit pechschwarzem Schopf, in dem sie zwölf graue Strähnen zählte. Wie hielt sie es aus mit ihm? Er ließ sie warten, besuchte sie erst am Tag ihrer Entlassung im Krankenhaus, in dem man ihr die Mandeln entfernt hatte.

»Ach Flixel«, sagte Djuna Weintraub. Sie spielte Szenen aus dem Eheleben ihrer Eltern und hörte nie wieder auf. Sie träumte sich in sein Leben, sah Zeichen für ihre ungebrochen große Liebe überall. Oft ungeküßt blieben ihre langen, fragenden, schwarzen Wimpern, ihre hilflosen, großen Füße, ihr erstaunlich weißer Nacken im Süden der drahtigen, rotbraunen Locken.

»Liebe die Frauen!« rief sie mit Grandesse. Bei Gott, er tat es. Sie sah Zeichen überall, geheime Male, Writings On The Wall. Er verstand nicht. Er erklärte ihr den Unterschied zwischen einer Ameise aus Steglitz und einer Ameise aus Lichterfelde. Sie liebte ihn dafür.

»Beide Ameisen organisieren sich«, sagte Felix, »in Sklavenstaaten.« Hoher Himmel, sie liebte ihn, wenn er so redete!

»Aber«, hob er einen behaarten Zeigefinger, »sie haben Kühe.«
»Kühe«, wiederholte er abwesend. »Keine Königinnen wie die Bienen. Nein. Kühe.«

»Und eine Kultur. Und Begräbnisse. Die Männer sind nutzlos,

die Ameisen schlafen nie, der Ameisenbulle steht ratlos vor den winzigen weißen Palästen der Ameisenkühe, jede Handvoll Sand ein ganzes Universum. Wie hoch, Djuni, mein Schatz, wäre ein Berg aus den Knochen der Menschen und Tiere, die lebten?«

»Wie viele Tage lebt eine Ameise?« fragte Djuna.

Sein Sohn, David Saab, acht Jahre alt, bekam hohes Fieber am Tag, als Djuna Weintraub das Haus in der Wulffstraße betrat. Aus den blauen, verhangenen Augen seiner Mutter verfolgte er sie in ihren Träumen. »Das Kind spricht nicht mit mir«, sagte das Kind Djuna Weintraub. »Gefall ich dir?« fragte sie David Saab.

»Ach Djuni«, sagte David viel später, als sie ihn zur Schule brachte. David setzte einen kleinen Fuß in die Tür des Schlafzimmers seines Vaters, ließ eine Gesichtshälfte sehen, blaues Auge, Nasenloch, Mundwinkel, fragte: »Was wollt ihr zum Frühstück?« Ein mörderischer Medizinball warf ihn in der Turnhalle an die Leitersprossen, und Djuna hielt seine glühende Stirn, während er sich erbrach. »Sana sana«, sang sie, »culito de rana. Si no sana hoy, sanará mañana.«

Flixel saß an seinem Schreibtisch in der Praxis, eine ältliche Sprechstundenhilfe flüsterte ihm ins Ohr. Er nickte. Oft lebte er nur noch bedingt, in langen geistigen Abwesenheiten, er kaufte Zeit. »Du hast die Nutzlosigkeit der Zeit gesehen«, schrieb Djuna in einem langen Brief an ihn. Er sprach von seiner toten Frau. Er hätte es nicht tun sollen. Djuna studierte Physik. Ein Udo Volkmann verliebte sich in sie, ein Gerd Jahnke, ein Perser namens Sali Sazir. Das Ende war in Sicht, sie wollte es nicht glauben. »Es klart auf«, sagte Felix im Botanischen Garten im Mai, zwischen Adlerfarnen an den künstlichen Rauhen Bergen im Süden des Gartens kniete er vor einem vom Spätfrost verschonten Samsonsiegel.

Hoher Himmel, sie liebte ihn, wenn er so kniete!

In Montevideo verging die Zeit. Am Palacio Salvo, dem häßlichsten und schönsten Gebäude Südamerikas, stand Ernesto Jimenez, bebrillt, und wartete auf die Genesung seiner Angebeteten. Sie war erkrankt an Sarampión, Paroditis Epidémica sollte wenig später folgen. Ernesto überstand alle ihre Kinderkrankheiten, Difteria, Sarampión Rubéola, den frühen und späten Catarro Laringeo, die qualvolle Liebesprobe der Ortodoncia. Im Bett verging ein Tag. Es regnete in Montevideo. Für die Schule waren zu lernen die Lebensumstände der Los Treinta y Tres Orientales, der Kämpfer gegen Brasilien, für die Freiheit Uruguays. Gegen und Für interessierten Djuna Weintraub wenig. Sie las Dumas, entdeckte das Jahr 1850, in dem der Maître der literarischen Küche das junge Montevideo »ein neues Troja« nannte. Ihre Lehrer überraschte sie mit Fettaugen auf der mageren Bouillon einer insgesamt elend langweiligen Geschichte. Djuna-Helena behielt ihr Wissen nicht für sich und hörte nie wieder auf.

Drei Jahre vergingen. Zum letzten Mal in seinem Leben sah Ernesto sie an der Playa Ramirez, oder war es in der Gespensterbahn des Parque Rodó? Seine schmalen Lippen küßten an ihrem Mund vorbei. Sie fuhr mit dem Bus zum Museo Oceanográfico y de Pesca, in der Bucht von Buceo. Sie hatte eine Wut im Bauch. Das Leben beim Ballett, beim Reiten, beim Segeln, beim Spielen der frühen Sonaten des Salzburger Wunderkindes deutete mit einem riesengroßen Finger nach Europa. Konnte man Europa vergessen?

Nein. Am aufblühenden Himmel von Montevideo prüfte sie die Sterne in ihren verschlungenen, symbiotischen Nachtlagern. Schülerin einer amerikanischen Eliteschule, schwor sie ihre Lebenswünsche in die Bahia von Montevideo, bei der Besichtigung des Forts auf dem Hügel von Cerro. Sah den Rio de la Plata, dessen Grund sie kannte wie keine Taucherin und Schwimmerin in Uruguay. Die Sonne ging unter. Die Vögel flogen alle nach Paris, die französische Sprache erschöpfte sich nicht in Ainsi Font Font Font. »Je t'aime«, hauchte Madeleine Renaud ins Ohr von Jean Gabin. Ihr Vater verspielte seinen letzten Scheck in Piriapolis, unter den Tafelbergen, die dreihundert Meter nicht erreichten.

Chef Weintraub war verarmt. Seine Tochter moderte im Chateau d'If mit dem Grafen von Monte Christo der Befreiung entgegen. Die Familie wohnte in einem kümmerlichen Vierzimmerduplex in Colón. Ludovico zog sich in seine zwei Zimmer zurück.

»Ich versteh dich nicht, Bea.«

Djuna hörte diesen Satz. Auch der junge Bruder hörte diesen Satz. Ihre Región Pubiana war entflammt, es regnete am Monte de Venus, knisterte in den Pelos de Pubis.

Maximilian »Maxie« Weintraub war zehn Jahre alt und sollte Geschäftsmann werden. Er sang Suelta La Cintura. Wenn Alle Brünnlein Flie-Hi-ssen. Er war schön wie ein Puttenengel, gezeugt von der Schwarzen Maria mit einem Jüdischen Heiligen Geist. Seine Eltern stritten nie, behandelten sich ausgesucht höflich, schlossen ihre Münder schnell. Beatrice sperrte sich in der Küche ein und schrie zwei Stunden ohne Unterbrechung ihre Kochtöpfe an.

Beatrice war es leid, Chef Ludo die halbgaren Lendensteaks zu servieren, das Bife a Caballo. Sie servierte jetzt klietschige Kartoffelaufläufe mit Salz und Pfeffer, versteckte einen Pfefferminzlutscher für ihre Tochter, die stündlich wuchs. Every Time It Rains It Rains Pennies From Heaven, sang Ludovico, verlor seinen Ehering.

Im Bett hörten Djunisita und Maxie, wie der Gerichtsvollzieher einen langen Morgen lang das Pianoforte Grande de Steinway stimmte. Pling, sagte Djuna. Und Plong, sagte Maxie. Sie liebte ihren kleinen Bruder. »Die Töne fielen in unsere Köpfe wie in einen Brunnen«, sagte sie später, »wir sangen zusammen.«

Chef Weintraub strich sich über ein imaginäres Bärtchen. Was tun? Zum fünften Mal bankrott. Sein Sohn war jung. Seiner Tochter war nicht zu trauen. Die Tür fiel hinter ihm ins Schloß, aus dem ungepfändeten Braun-Grammophon jubilierten die Trompeten des Zweiten Brandenburgischen, der Chef dachte nach.

»Ich versteh dich nicht, Bea.«

Mit zehn Jahren hörte Djuna Weintraub Trenado im Radio eine unheimliche Stimme. Die Difusión Radio Eléctrica sendete eine Dokumentation über das Unwesen der Alten Welt, der Marco Polo und Cristobal Colón Jahrhunderte zuvor den Rücken gekehrt hatten. »Ich habe beschlossen, Politiker zu werden«, brüllte die unheimliche Stimme auf Deutsch. »Sechs Millionen«, sagte Gershon Schwander, der Großonkel aus Litauen, und die Kinder wußten nicht, was er meinte. Er las Auden, Novalis, hörte Mahlers Sinfonie der Tausend. Er zitierte Audens Eulogie auf Yeats. In The Nightmare Of The Dark All The Dogs Of Europe Bark. Djuna träumte von Hexen, Katzen, Scheiterhaufen, einer Kopfsteinpflasterstraße in der Stadt Berlin in Deutschland.

»Shalom Yisroel«, sagte Gershon Schwander.

Chef Ludo versteckte sich hinter dem Wall Street Journal, und Beatrice arbeitete als Verkäuferin, Kindergärtnerin, Platzanweiserin, Bademeisterin an der Playa Ramirez, als Engel der Armen und Waisen im Stadtteil Nuevo Paris. Chef Ludo zupfte sie am Ärmel, räusperte sich, ließ seinen Charme spielen.

Djuna sah sehr früh in ihrem Leben, ohne zu wissen, was sie sah, das Ende der Liebe.

Felix war geboren zur Eifersucht. »Was willst du wissen?« fragte Djuna. »Alles und sofort«, sagte er. Sie kam vom Ende der Welt, aus Montevideo. Konnte man soweit überhaupt reisen? Sie schenkte ihm eine Karte der Welt, mit roter Tinte zog sie eine säuberliche Linie zwischen Montevideo und Berlin Steglitz.

»Ich versteh dich nicht, Djuni.«

Sie verließ die Stadt ihrer Kindheit mit sechzehn, einzige uruguayische Gewinnerin eines Prince Charles Stipendiums des International College Maidenhead in British Columbia, Kanada. Dort sprachen alle dieselbe Sprache, dachten dieselben Gedanken, schrieben dieselben Gedichte. Alle bis auf Cha Lon Su Williams, der unsterblich schöne und schüchterne Sohn einer taiwanesischen Hure und eines australischen Filmregisseurs. Cha Lon schenkte ihr Küsse und Kieselsteine, schrieb ihr unschuldige Briefe.

»Zur Verdeutlichung der Situation«, sagte Dr. med. Felix Saab, »die kleinen Parzellen am Fichtenberg bieten eine freie und weite Aussicht auf den Kreuzberg, Berlin, Schöneberg, den Zoologischen Garten, Wilmersdorf, Charlottenburg und Westend.«

»Als Kind sah ich ein unheimliches Paar«, sagte Felix, »auf der Zeunepromenade und im Botanischen Garten. Sie waren so schön, daß mir unheimlich wurde.«

Die Bäke schlängelte sich in zahlreichen Windungen durch einen sumpfigen Birkenbusch und hinter Machnow in den Griebnitzsee und floß am Ende in die Havel. 1784 thronte das Belvedere auf dem Rauhen Berg, den François Brouillon Fichtenberg taufte. Das Belvedere aus schweren Wackersteinen in einer für die Mark unüblichen Gotik.

Er war all dies für sie.

In der Ewigen Stadt deflorierte ein Schlagzeuger namens Ettore Laurenzo Oliveri die achtzehnjährige Djuna Weintraub, Gewinnerin eines First Aid Award der St. John Ambulance in Vancouver, British Columbia. In Berlin Steglitz vergiftete sich Dorothee Saab, geborene Matthes, Frau des Frauenheilkundlers Felix Saab, an einem frühen Morgen im Schlafzimmer auf dem blauen Teppich mit Zyankali. In Montevideo erhängte sich an einem Baum am Miguelete im Parque El Prado Maximilian Weintraub im Alter von fünfzehn Jahren.

D. O. M. ließ seine katholische Mutter in den Stein meißeln, Maximilian Weintraub Trenado, 3 de Diciembre de 1966 a los 15 años, RIP, Tu Madre y Padre no te olvidan. Er hinterließ keinen Abschiedsbrief. Er sang Suelta La Cintura, Wenn Alle Brünnlein Fließen, sein Vater ließ ihn beschneiden, jagte ihn im winterlichen Montevideo bei Wind und Wetter in vier verschiedene Schulen, er näßte sein Bett, masturbierte, stahl, log, liebte seine Schwester und einen schwarzen Riesenpudel namens Mara. Er versteckte sich im Keller, zwei Tage lang, mit einer Thermosflasche Kakao. Gershon Schwander lehrte ihn zwei oder drei Sätze Hebräisch.

»Er war in die falsche Familie geboren«, sagte Djuna.

Nachts auf ihrem Feldbett schrie sie seinen Namen. »Wir sind Schwester und Bruder«, sagte sie 1968 zu David Saab, neun Jahre alt. Djuni und der Doktor begegneten Patientinnen des Frauenheilkundlers im Botanischen Garten, sie waren beide dunkel wie

Teufel, er kniete vor ihr im Schnee, »verlaß mich nicht, Jüdin«, sagte er, ihre doppelte Dunkelheit erleuchtete die Dunkelheit. Er glaubte an Trennungen, um einander wiederzufinden, immer wieder und hörte nie wieder auf. Sie hatte nur den nächsten Tag, den Traum vom Strand, ein Zuckerstück im Morgenkaffee, die Lügen des abwesenden Doktors.

»Noch vierundzwanzig Stunden«, sagte sie sich.

»Ich versteh dich nicht, Flixel.«

Sie nahm das Leben leicht und die Liebe schwer, wurde zweimal von Autos angefahren, lachte viel, sprach in Bildern und Rätseln. »Laß uns heiraten«, sagte Djuna.

»Aber du bist nicht schwanger«, sagte Felix. Außerhalb seiner Praxis hatte er keinen Sinn für Humor.

Wilde, schlaflose Enten schwammen nach Lichtenrade, Züge fuhren nach Rom, Flugzeuge flogen nach Montevideo. Sie sprach im Schlaf. »Odudrafridrafra«, klang es. »Komm unverzüglich nach Haus!« schrieb Chef Weintraub. De todos modos! Sin falta! Me opongo! Ni modo! De ninguna manera! »Ich nehme an, Sie sind der deutschen Sprache noch mächtig, Señor Weintraub«, schrieb Dr. med. F. Saab nach Montevideo, von Jude zu Jude. »Ihre Tochter, Señor, arbeitet bei mir als Sprechstundenhilfe in Steuerklasse eins, sie bewohnt eine Kammer in meinem Hause, und ich kümmere mich um das Kind nach besten Kräften. Hochachtungsvoll.«

David Saab überraschte die beiden im Bett. Djunisita ritt ihren Flixel in die Ewigen Jagdgründe, Pan lugte aus seiner Hütte. Die Flüssigkeit, das Fleisch, die Knochen des Körpers, meine Chemie verlangt nach dir, flüsterte das Mädchen aus Montevideo. Liebe, der grausame Fabelvogel, pickte ihm die Augen aus.

»Wer war Dr. Rösner?« »Wer war Dr. Wulff?« »Wer war Dr. Zeune?« fragte Djuna.

»Direktoren der Blindenanstalt, hier hast du zwanzig Mark«, sagte Felix abwesend. Was fand sie an ihm? Sie war zu schade für den alten Doktor.

»Sie war mir unheimlich«, sagte er. »Ich hatte Angst vor ihr.«

»Ich liebte sie eben.«

Und Punta del Este und Piriapolis und Playa Brava und Playa José Ignacio und der Pan de Azúcar. Konnte man Europa vergessen? Victorio Vallez Verdesoto rieb ihren fünfzehnjährigen Monte de Venus durch den gelben Jantzen Elástico im Sand am Strand am Meer zur weiten Welt, in der ihre Zukunft schlummerte. Ihr Vater hatte kein Geld mehr für Zigaretten und Whisky, er konnte einen ganzen Blackjackschuh durchzählen, aber was half ihm das jetzt? Er stahl Beatrice das Weihnachtsgeld, setzte es auf Noir, verlor, verkaufte seinen Ehering an der Plaza Zabala. In Quito in Ecuador spielte er Rotation Pool, seine Tochter saß auf einem Barhocker und bewunderte ihn, aber Ludovico konnte ihr nicht trauen, wollte ihr nicht trauen.

»Ich versteh dich nicht, Djuni.«

Himmel, wie sie ihren Vater liebte, wenn er sich mit dem goldenen Dupont eine Zigarette ansteckte! Sie erbte von ihm: Intelligenz, Leichtfertigkeit, Rhetorik, Melancholie, eine stolze jüdische Müdigkeit. Sie erbte von ihrer Mutter: Schönheit, Romantik, Hysterie, ein Paar große Hände, ein Paar kalte Füße.

Spaziergänger fanden Maximilian Weintraub an einem Baum hängend, der Strick war fachmännisch pfadfinderisch geknüpft. Im College in Maidenhead in British Columbia erlitt Djuna einen Nervenschock, weinte ununterbrochen sechs Stunden, der Arzt war ratlos, Cha Lon Su Williams verliebte sich damals und dort in sie und hörte nie wieder auf. »Maxie, Maxie, warum?« Im giftgrünen Halbdunkel der St. John Ambulance kniete sie auf dem Brustkorb eines baumlangen Krankenpflegers, simulierte den Wiederbelebungskuß, sie schrieb Gedichte und Geschichten, spielte Klavier, Rotation Pool, Poker. Oft war sie sich fremd, wollte sterben, beobachtete sich lange im Spiegel. Eine Chinoamerikanerin aus Chicago, Illinois, der windigen Stadt, wurde ihre beste Freundin, schlief mit Lehrern und Studenten und Parkaufsehern. Wie war ihr Name? Nancy Yin? Betty Yang? Djuna bemerkte, wie sie ihre Kleider wechselte. Rotblauer Schottenrock in der Mathematikklasse, Röhrenjeans im Speisesaal, Chiffonkleid im Musikunterricht.

»Sie ließ es sich zwischen den Klassen und Mahlzeiten besorgen«, sagte Djuna. Das Telefon auf Zimmer neun stand nicht mehr still.

»If those jokers are gettin' it, you gotta give it to me too«, sagte der Direktor von Maidenhead. »I'm kinda tired of it«, sagte das chinesische Chicagomädchen zu Djuna. »It's gettin' ta be borin'.« Sie gingen über die 19th Avenue in West Vancouver, eine Brise blies herein vom Cap Flattery, das Gesicht der Chinesin war grünlich in der Kälte. »You know, kiddo«, sagte sie zu Djuna, »you know what I mean. It's always the same, gettin' ta be a drag.«

»Wenn eine Sache langweilig ist«, sagte Chef Ludo auf Spanisch, »wiederhol sie.«

»Und doch war ich einsam in Kanada«, sagte Djuna.

Cha Lon Su Williams wollte alles über sie wissen, den Zustand ihrer Haare, bevor sie ihre Haare kämmte, wie sie sich im Bett ausstreckte, die Kurve ihres Rückens am frühen Morgen. Sie gingen im Wald spazieren, vollgestopft bis zu den Wipfeln mit singenden Vögeln.

Am Strand von Piriapolis küßte Victorio Vallez Verdesoto eine junge Weintraubsche Brustwarze unter dem gelben Jantzen Elástico.

Ein höllenschwarzer Riesenpudel tauchte aus dem Nichts auf, buddelte ein tiefes Loch zwischen Victorio und Djuna.

»Das war unsere Mara«, sagte sie. »Ein Genie von einem Hund.«

»Mi gordo«, sagte Djuna zu David Saab. »Gordito.« Sie brachte ihm angewärmten Kakao in Biberones ans Bett. Sie badete ihn. Sie nannte ihn Señor Saab. Sie brachte ihn zur Schule, holte ihn ab, mit zusammengekniffenen Augen, in denen das Grün funkelte, stand sie auf dem Schulhof der Rothenburgschule am Fichtenberg und sah empor zur blauen Schuluhr mit den goldenen Zeigern, auf der es halb eins war.

Sie brachte ihm einen kleinen schwarzen Kater mit zwei weißen Punkten auf der Nase.

»Puntito«, sagte sie.

David stellte sich vor: Montevideo mit Indianern, Negern, Karawanen, Palmen, Brunnen, Mauern, Prinzessinnen, Flüssen, Krokodilen, Sklaven, Alleen, Meer, Meer, Meer.

Er träumte von Djuni auf einem Kamel in Montevideo.

Sie wurde erst spät eine Patientin. Dr. Saab diagnostizierte Trichomonaden, zusammen salbten sie sich ein. »Langweilig«, sagte Felix.

Der alte Mann ohrfeigte sie, sie ohrfeigte zurück. »Ach, Flixel!« David Saab blieb schweigsam wie seine Mutter. Felix Saab konnte Dorothée nicht vergessen.

Eine wutdunkle Djuna saß im weinroten Ledersessel und hörte den Doktor beten zu Dorothée, der Selbstmörderin. Djuna zerriß Dorothées Photographien, der Doktor entdeckte die Untat erst viel später. In der Stadtbibliothek las sie sich durch die Deutsche Geschichte. Felix lag auf seinem engen Bett und hörte sie schnarchen. Die Zeit verging. »Es wird kälter«, sagte Djuna.

Er hörte ihr nicht mehr zu. Sie wußte, wie alt er wirklich war. Himmel, wie sie ihn liebte, wenn er seinen Patientinnen im Botanischen Garten die Zunge herausstreckte!

Er wollte es so schlimm enden lassen wie nur irgend möglich, das war seine Natur. Er warf ihre mühsam ersparten Bücher aus dem Fenster. Es regnete auf dem Fichtenberg. Er legte ein Krankenblatt für sie an, wie für eine Patientin.

»Halt dich gerade«, sagte er.

Die Sonne stand hoch über Steglitz im Sommer 1968. Djuna las: Durch so viele Formen geschritten, durch Ich und Wir und Du ... Sie konnte sich keine Namen merken. Andere Menschen mußten sich für sie erinnern. »Es ist mein ältester Sommer«, sagte Djuni Weintraub auf ihre komplizierte Art und Weise.

In einer Sommernacht saß sie an Davids Bett und weinte. David stellte sich schlafend. Er hörte ihr schweigend zu. Sie murmelte ein spanisches Wort. David hörte sie singen. O les petites marionettes, ainsi font font font, trois petits tours et puis s'en vont. Tous les enfants dormiront. Wie ihr Vater sprach sie sechs Sprachen. »Ach Djuni!«

Sie packte ihren uruguayischen Koffer, ihren kanadischen Seesack, ihre römische Basttasche. Felix schlief, nur David war noch wach. Die Tür fiel ins Schloß und hörte nie wieder auf, ins Schloß zu fallen.

Felix stand am Schlafzimmerfenster und sagte: »Es lichtet sich.« Er war stolz, daß sein neunjähriger Sohn einfach nicht krank werden wollte.

Ich schrieb mein erstes Lied.

Im Hospital Pereira Rossell in Montevideo legte Ludovico Weintraub seine Hand auf die Stirn seiner zehn Tage alten Tochter. Beatrice, die Mutter, hörte die Wellen des Atlantiks rauschen. »Te quiero mucho«, sagte sie. Sie liebten sich und hörten nie wieder auf. Die ganze Familie sang. Gershon Schwander zuckte mit den Schultern und sagte: »'s ist ein Mädele, Gott steh mir bei!«

»O Maxie, Maxie, Maxie, warum hast du nicht auf mich gewartet?« sagte Djuna. Sie war frei wie die Luft. In ihren braungrünen Augen glänzte ein epochales Fernweh. Zeit zu gehen, Djunaklein.

»Wenn eine Sache langweilig ist, wiederhol sie«, sagte ihr Vater. Er verkaufte imaginäres Öl in Grönland. Djuna liebte ihr Gefängnis. Sie war freiwillig dort. »El país tropical«, sang sie selbstvergessen. Kannte sie ihre Zukunft?

In einem Anfall von Weitsicht erhängte sich Maximilian Weintraub mit fünfzehn im Regen an einer Schlinge nach Pfadfinderart. »Er war der Prophet der Familie«, sagte Gershon Schwander düster zwei Tage vor seinem eigenen Tod. Der alte Mann, der Litauen im Winter gesehen hatte, las Auden, Yeats, kannte die Kabbala.

Sie kam von so weit.

Das Schlafzimmer meines Vaters: leer bis auf diesen schrecklichen blauen Teppich mit dem eingewebten Morgenstern eines wahnsinnig gewordenen persischen Teppichknüpfers, den meine Mutter im Maison de Santé in Lichterfelde besuchte, wo der große Städtebauer und Visionär Johann von Carstenn in Armut und Irrsinn gestorben war. Ich begrub meinen Vater auf dem Bergfriedhof, neben seiner Frau, im Schatten des Wasserturms, in dessen Kuppel der größte Sonarspiegel Europas das Wetter der Welt belauschte.

Er starb blind, beidseitig gelähmt, an einem 1. Juni. Ich war nicht bei ihm im Augenblick seines Todes, die Sprechstundenhilfe erzählte mir erst am offenen Grab, was er gesagt hatte.

»Er sagte nichts«, sagte die Sprechstundenhilfe. Dann war er an seiner eigenen Luft erstickt.

Über das Leben meines Vaters wußte niemand Genaues. Ein langer Leichenzug geleitete ihn zur letzten Ruhe, Patientinnen aus Berlin Steglitz. In der Kapelle tröpfelte aus einem Lautsprecher die sechste Triosonate des tyrannischen Kantors aus Leipzig in Deutschland.

Er war in Steglitz geblieben sein Leben lang, er liebte sein Gefängnis, er war freiwillig dort. Als Kind sah er ein unheimliches dunkles Paar auf der Zeunepromenade und im Botanischen Garten. »Sie waren so schön, daß mir unheimlich wurde.« Es waren der sterbende Franz Kafka und das junge Mädchen Dora Diamant, die letzte Liebe des Juden aus Prag.

Ich sehe meinen Vater und Djuna Weintraub vor den Birken des Botanischen Gartens Hand in Hand und schweigend. Woran sie wohl dachten? So viele Kontinente, so viele Namen. Was nun, mein Vater?

»Ich sehe einen Berg!« rief einer der Seeleute des Magallanes von weitem, auf dem Rio de la Plata.

Felix Saab blieb zeitlebens in Berlin und verlor seine Stadt aus dem Gedächtnis, wie die Menschen Staub und Sand verlieren aus kleinen Löchern in ihren Schuhen. Djuna Weintraub zahlte einen hohen Preis für ihre glückliche Kindheit. Sie kehrte zurück nach Montevideo. Niemand wußte Genaues. Auf dem Balkon in der Wulffstraße blieben die zwei kleinen steinernen Löwen und maßen sich mit einem Blick, der nicht enden wollte.

»Mann und Frau«, sagte mein Vater, sagte ihr Vater, »leicht verwechselbare Wörter.«

Mein Vater hörte es von ihr, ich hörte es von ihm: Sein Atlantik! Sein Montevideo! Steht sie noch, diese Stadt, der ich mein erstes Lied verdanke? Lieder müssen geschrieben werden aus Liebe oder aus Liebe, die verging. Lebst du noch, Djuni? Lachst du noch?

Sie kehrte zurück nach Montevideo, zerrissen zwischen allen Himmelsrichtungen, und von ihrem Leben dort bis heute, bis morgen und übermorgen und bis zum Ende der Meere, die uns Menschen trennen, weiß niemand Genaues.

Die Feuerschluckerin

Es ist spät, und ich werde dir von deiner Mutter erzählen.

Deine Mutter verließ viele Länder. Sie war die letzte große Länderverlasserin.

Denk dir einen Wintersonntag vor sehr langer Zeit. Borsig baute die ersten Eisenbahnen, die Schneemänner trugen Zylinderhüte. Die Gaslaternen, unbewohnte Glashäuschen, glommen gelb auf. Zähneknirschend auf knirschendem Schnee suchten die jungen Männer die jungen Mädchen in den leeren Straßen. Die jungen Mädchen waren nicht zu finden in den Straßen, sondern saßen in den Stuben und lasen Romane in Fortsetzungen. Der Geheimrat und seine Frau, ein undramatisches Paar ohne Sinn für die Dramen in den Straßen und den Stuben, die eigene Tochter daheim auf Samtkissen im Erker in der Lesenische wissend, fuhren in einer Pferdekutsche durch den Schwarzen Grund. Keine Worte in der Schneestille. Keine weiteren Kutschen. Keine Menschenseelen. Keine Krähen.

Bis auf eine.

Diese eine Krähe, erschöpft von den Überresten des Weihnachtsfestes, fiel von einem kahlen Ast vor die Pferde, die scheuten. Die Krähe krächzte und starb. Die Pferde stiegen hoch, die Kufen brachen, die Kutsche kippte, der Geheimrat und seine Frau trudelten einen Abhang hinunter, den die schlittenfahrende Kindheit den »Idiotenhügel« nannte, und brachen sich gemeinsam das Genick am einzigen Gatter weit und breit.

Das waren die Großeltern deiner Mutter. Gewesen.

Die Mutter deiner Mutter entwickelte einen merkwürdigen Sinn für Humor. Zum Beispiel studierte sie, ihre eigene Religion, lächelnd allein zu Haus, sah nie einen Hörsaal von innen, und verlieh sich selbst den Doktortitel nach der Niederschrift ihrer Abhandlung über die schöpferische Selbstoffenbarung des Absoluten in den neun wundervoll glänzenden Lichtern der Sephiroth. Die zwei verbliebenen Hausmädchen knicksten kichernd, die Zeremonie fand in der Küche statt, die so geräumig war, daß die Mutter deiner Mutter nebst Hausmädchen nächtelang darin Rollschuh lief.

Sie verliebte sich sodann in einen glücklosen, zähneknirschenden Kartenspieler ohne Lachen, der sie arm machte und nicht heiratete und an einem Hühnerbein erstickte, noch bevor deine Mutter geboren wurde.

»Immerhin hab ich ihn ein paarmal in seinem Leben zum Lachen gebracht«, erzählte die Mutter deiner Mutter in dem Spielzeuggeschäft, wo sie, hochschwanger, den Frauen der Rabbiner harmlose Scherzartikel verkaufte, aufziehbare Blechfrösche zum Beispiel, die springen konnten und Freude brachten bei Tisch. »Er lachte, wenn ich Pyramiden und Pagoden ferner Länder aus Streichhölzern baute«, erzählte sie.

Deine Mutter tauchte auf in der Welt unter der Ladentheke des Spielzeuggeschäfts, viel zu früh und viel zu schnell, eine Überraschung kurz vor Ladenschluß, und das erste, was sie vermutlich sah, waren aufziehbare Blechfrösche und bunte Buchstaben aus Holz und kleine schwarze Lokomotiven.

Die Mutter deiner Mutter nannte deine Mutter Hannah Liliane Elsa. »Provisorisch«, wie sie sagte.

Namen haben sich als unwirklich erwiesen in der Geschichte. In dieser Geschichte und in allen, die vorher geschahen.

Ich werde jetzt vorauseilen in der Zeit und dir einen Brief vorlesen von Deiner Mutter über ihre Kindheit im Spielzeuggeschäft. Ich weiß, Zeit ist Angst, Zeit ist Furcht. Aber hab keine Angst. Ich bin hier und ich bleibe bei dir, die ganze Nacht. Deine Mutter schrieb:

My dear heart,
vielleicht tröstet es Dich, wenn ich Dir erzähle. Ich wuchs in einem Spielzeugladen auf. Meine schöne Mutter arbeitete dort als Verkäuferin. Es roch nach Holz und Eisen, Gummi und Elektrik. Ich durfte spielen, womit ich wollte, aber das langweilte mich bald. Also erfanden Mama und ich ein Spiel, daß ich selbst ein Spielzeug sei, und zwar eine Holzpuppe, die ganz oben auf dem Regal saß. Unbedingt aus Holz wollte ich sein, ich weiß noch, nicht aus Ton oder Porzellan. Da saß ich nun, so steif und starr ich konnte, und hoffte, irgendein Mensch würde mich kaufen und einpacken lassen von Mama. Erst dann würde ich lachen und herausplatzen aus dem Paket. Aber kein Kunde spielte mit. Viele wurden sogar böse und befahlen mir herunterzusteigen vom Regal. Denen spuckte ich heimlich auf die Köpfe. So einfach war das. So einfach ist das immer noch.

Es war Nacht, aber nicht Nebel, als die Söhne der zähneknirschenden Männer mit einem Lastwagen kamen, auf den sie luden: den Besitzer des Spielzeuggeschäfts und seine Frau und ihre drei Kinder, die Großmutter und die Mutter der Frau des Besitzers, den Onkel des Besitzers und die Mutter deiner Mutter, die sich ein einziges Mal umdrehte und hinauflächelte, unmerklich unmerklich, zum höchsten Bord des Regals, wo die Holzpuppe saß, die deine Mutter war.

So einfach ist das, sagte dieses Lächeln.

Ich glaube, sie war lange Zeit eine Holzpuppe, Monate vielleicht, ein Jahr vielleicht, gemessen in Tagen, Nächten, Stunden, Minuten, Sekunden.

Eine menschliche Uhr aus Holz.

Sechs Jahre alt.

Ihr erstes Kunststück.

England, London, Muswell Hill, Muswell Hill Broadway. Nun, jenseits jener Heimat, die uns heimatloser machte, als wir je zuvor gewesen waren, wollen wir wenigstens die anderen Länder beim Namen nennen. Ewig schon schien ich in England zu leben, wohin mich meine wohlhabende Familie zum Studium der Medizin geschickt hatte, eine privilegierte Verpuppung, die mir das Leben rettete, als einziger meiner Leute. Ich sage »Leute«, weil ich damals, nach dem Krieg, nur so an sie denken konnte in England. Meine toten Leute, dachte ich in London. Hätte ich gedacht: mein toter Vater, meine tote Mutter, ich hätte mich auf der Stelle erschossen. Die Sprache wird, besonders von Dichtern, oft überschätzt. Sie ist vor allem ein Pflasterdoktor. Jede gute Ärztin weiß das. War ich eine gute Ärztin? Ja und nein. Ja, denn ich wollte die Menschheit heilen, ich weiß nicht mehr, wovon. Nein, denn ich praktizierte nicht. Ich schrieb Gedichte. Und keine guten. Ich schrieb, unter männlichem nom de plume, pornographische Geschichten, die sämtlichst im achtzehnten Jahrhundert spielten. Damals meinte ich, ich schrieb diese Geschichten, um die Miete bezahlen zu können. Ich schrieb sie in der Subway, Inner Circle Line, zwischen fünf und sechs Uhr morgens, denn der frühmorgendliche Untergang des Abendlandes in der Subway nahm mir alle Hemmungen. So eine also war ich, verpuppte Heilerin, die nicht heilte, stolz noch immer auf abendländische Werte, meine Ermordeten als ›meine Leute‹ verleugnend wie Truppenteile, während ich im Untergrundtunnel in ratternden Zügen Frauen und Männern Sätze unterschob wie diese:

»Why, Sir Wolf, shall I then suck your fresh manhood and have done with it?« – »Zounds, you saucy wench, did cocksmen ever suffer so!«

Das war, bevor ich deine Mutter traf, als Bär verkleidet, auf dem Marktplatz von Muswell Hill.

Eine genehmigte Gruppe irischer Gaukler, denn alle Gaukler waren Iren, erfreute die Witwen und Krüppel von Muswell Hill mit ihren Darbietungen. Ich werde dir ein paar Namen nennen. Sie sind mir alle unvergeßlich, so unwirklich sie auch waren.

Clinton Binion, der Jongleur!

Cash Murphy, der Eisenmann!

Suniva Doyle, die Seiltänzerin!

Und dann das Tier, das namenlose, der kleine Bär, der plötzlich in die Mitte sprang und Feuer spie. Die Zuschauer lachten, aber sie wichen zurück. Zweimal spie der kleine Bär Feuer, hustete hell unter dem Fell und begann zu tanzen, aber nicht wie ein Zirkustanzbär, sondern wie ein nie gesehener, nie dagewesener, unverwechselbar weiblicher, mit Wonne dem Wahnsinn anheimgefallener Vogel. Flügelschlag und Schweben, Tauchstoß und Stelzgang, Eulenkopf und Eisente, Geierhals und Tukanspreiz, all dies vermochte die Magnifizenz der Bewegung unter dem lächerlichen Bärenfell in den Raum zwischen Erdboden und Himmel zu malen. Die Zuschauer wichen weiter zurück. Ich aber trat näher, und ich sah zwei aufschimmernde dunkle Augen im starr aufgerissenen dunklen Bärenmaul, und ich erinnere mich, daß ich dachte: Sie weint ja.

»Du weinst ja«, sagte ich in meiner, ihrer, unserer Muttersprache.

Sie zerrte den Bärenkopf von ihrem Kopf, und ich erkannte sie sofort für alle Zeit, und die Zeit war nicht länger Angst, nicht länger Furcht, weil ich sie liebte.

Ich werde jetzt versuchen, deine Mutter zu beschreiben, Himmel! Sieh mich dabei an, denn wir ähnelten einander sehr. Sie war damals vielleicht vierundzwanzig, von kleiner Springfederstatur, mit starken Wangenknochen, einem runden Gesicht, langen, dunkelspiegelglatten Haaren und einem rollend-schleichenden Gang wie eine Indianerin auf einem Kriegspfad, der nie endet. Sie hätte mit diesem Gang auf allem, was je Segel setzte, zwölfmal den Äquator umrundet haben können. Ihre braunen Augen, keine lachenden Augen, selbst wenn der Rest ihres Gesichts lachte, wirkten nur auf den ersten Blick wie Kullerkirschen. Sie waren Tunnelöffnungen, ihre Augen, und sie zogen einen hinein in prähistorische Traurigkeiten. Sie machte verschiedene Münder, mal breit, mal schmal, das kam von ihrem Beruf, der ihre Zähne bisher verschont zu haben schien, denn ihre Zähne sahen aus, als wären sie nie erwachsen geworden, zwei Reihen makelloser Monumente von Milchzähnen. Ihre Stimme war hell, belegt zuweilen, und oft, wenn sie etwas sagte, was es zu bedenken galt oder was sie gar nicht sagen wollte, schluckte sie Luft, sie schluckte schwer. Ihre Hände waren ihre Hände. Mich an ihre Hände erinnern zu wollen wäre zu schmerzhaft.

Einmal, in einem anderen Land, schrieb ich ein Gedicht für sie, ich schrieb es ihr buchstäblich auf den Leib. Sie schaute an sich hinab und sagte: »Das bin ich nicht.« Erst später begriff ich, warum sie oft vorgab, nicht zu wissen, wer sie sei. Sie wußte zu gut, wer sie war.

Deine Mutter war unter anderem, und vielleicht mehr als alles andere, Feuerschluckerin, eine der besten, die es je gab. So tauchte sie in England auf und in vielen Ländern, die uns noch erwarteten.

Am Markttag von Muswell Hill, als ich sie zum ersten Mal sah, verschwand sie im Planwagen der irischen Gaukler und kehrte kurz darauf zurück im Kostüm einer Meerjungfrau. Sie tanzte einen unbeschreiblich unterseeischen, wehmütig wogenden Tanz und begann gleichzeitig Feuer zu schlucken und zu speien. Die Feuersäulen stiegen von ihrem Kopf in den Himmel, und sie schaute ihnen nach, während ihr Unterleib zuckte, als würde er gevierteilt, sich wand wie ein zerhackter Regenwurm. So gewaltig und gewalttätig war dieses Bild, daß die Zuschauer und auch die irischen Gaukler sich bekreuzigten und Laute hervorstießen, die sie in ihrem ganzen Leben in ihren Seelen nicht gefunden hatten bis zu diesem Augenblick.

Die Sonne ging unter. Der elektrische Kamin in meinem Zimmer ging an. Sie lachte darüber. Sie sagte: »England.« Dann schluckte sie schwer.

Wir lagen uns in den Armen die liebste längste Nacht, wir feierten einander, wir waren begabt und frei wie der Wind, König Salomon wäre so stolz auf uns gewesen.

Ich wollte alles über sie wissen, meine Geliebte seit Zeitenanfang, doch sie brachte es fertig, daß ich nur von mir erzählte. Mich, die Heilerin, heilte sie. Dear heart, you mended me on Muswell Hill.

»Meine Großeltern starben gemeinsam gleichzeitig«, sagte sie im Planwagen auf dem Weg nach Dorset, »sie brachen sich zusammen das Genick. Ist das nicht komisch?«

»Traurig ist das«, sagte ich.

»Nein, komisch. Und würdevoll.«

Es war die einzige Einzelheit, die mir deine Mutter in vielen Jahren aus ihrer Vergangenheit anvertraute. Wie oft ich sie auch nach ihrer Kindheit und dem Unsäglichen der alten Heimat fragte, sie antwortete immer dasselbe: »Ach wir. Wir tragen unsere Heimat mit uns herum wie einen Ascheimer, der aber leer ist und den wir überall abstellen, wo wir gerade sind.«

England mußte verlassen werden. »Je kleiner die Insel, desto größer die Paranoia«, sagte sie und schluckte. Nein, es war weder Wanderlust noch blinde Vorwärtsflucht vor der Einsamkeit, die deine Mutter umgab wie der Wolkenring den kleinen Gipfel.

Auch in meinen Armen.

Auch, viel später, in den Armen deines Vaters Ramón.

Die Luft, sagte sie, sei überall in anderer Bewegung durch das Feuer, und Leben sei nun einmal Bewegung.

Wir zogen durch Mitteleuropa, fein säuberlich die Heimat umrundend, die angeblich wiederaufgebaut war, aus der wir aber nur eine unheimliche Stille vernahmen, als seien den Menschen dort die Zungen herausgeschnitten oder die Gehirne entnommen worden. Es mochte sein, daß man dort zur Abwechslung mit sich selbst experimentierte. Längst trat deine Mutter alleine auf. Sie bevorzugte Felder vor den Städten, hohe Klippen am südlichen Meer, mittelgroße Berge. Längst tanzte sie nicht mehr.

Die Feuersäulen, die ihrem Mund entstiegen, wurden höher und höher. Ich stand inmitten der Zuschauermenge und hatte Angst. Nicht um deine Mutter, die ihr Handwerk beherrschte wie keine zweite. Der Anblick der Feuersäulen machte mir angst. Diese Feuersäulen sahen aus, als könnten sie Ortschaften, Städte, ganze Länder in Schutt und Asche legen.

Auch die Geschwindigkeit, mit der wir die Länder verließen, beunruhigte mich.

»Sind wir Verbrecher?« fragte ich.

»Ja«, sagte sie.

Noch liebten wir uns, wie nur Verbrecher einander lieben können. Wir salbten unsere Körper mit Essenzen, die nur wir kannten, weil wir sie erfunden hatten. Ich pinselte ihren Rachen mit meiner Zunge, nachdem ich meine Zunge in einen Balsam getunkt hatte. Ihr Rachen schmeckte nicht verbrannt, sondern süß, nach frisch geschältem Holz.

Und die Zeit, die Angst, die Furcht nahm wieder Gestalt an, sie schlüpfte in die Schönheit junger Mädchen, die deiner Mutter Augen machten.

Immer auf dem Kriegspfad, der nie endete, und sicher noch auf höchster See, wildester Schaumkrone, ging sie zu den jungen Mädchen, und ich blieb in unserem Zelt und sprach mit den Töpfen und Tiegeln. Aber sie blieb mir teuer, und wir blieben uns gut.

Irgendwo in Afrika. Vögel in hohen Bäumen kamen durch die Feuersäule deiner Mutter zu Tode. Afrika verlassen.

Nordamerika war ihr zu groß, zu geräumig und zu hell für das Feuerschlucken und Feuerspeien. Verlassen nach wenigen Tagen.

Wieder endeten wir auf einer Insel, auf Kuba.

Dort geschah Schreckliches, o pale Ramón.

Wir schlugen unser Zelt auf, in dem deine Mutter tagelang in katatonischer Starre verharrte. Sie wollte das Zelt nicht verlassen. Tagelang wartete die wachsende Zuschauermenge. Sie schickten einen Gesandten in unser Zelt, den Mann, der dein Vater wurde. Er hieß Ramón Fernandez, aber vielleicht hieß er auch anders. Er schnitzte Schafe und Rinder und Kinder aus Holz und verkaufte sie auf den Märkten.

Deine Mutter erwachte aus ihrer Starre. Sie absolvierte viele Vorstellungen, bis die Menschen sich satt gesehen hatten an den Feuersäulen.

Die Sonne ging unter. Deine Mutter bat mich zu singen, ein altes Lied aus der Heimat. Ich sang nur widerwillig. Sie begann für Ramón zu tanzen. Jahrelang hatte ich sie angefleht, für mich zu tanzen, heimlich hinter den Hecken oder nachts in unserem Zelt.

»Ich weiß nicht, was du willst«, sagte sie, bis ich es nicht mehr hören konnte und mein Flehen einstellte. »Ich habe nie getanzt, nie tanzen können.«

Jetzt tanzte sie für Ramón, einen tumben Holzschnitzer. Sie

tanzte langsam, eckig, wie eine Marionette. Ramón schnitzte sie damals und dort, unbeholfen, grob, eckig, unschön. Aber deine Mutter riß ihm die Holzpuppe aus der Hand und rief: »Schau nur, das bin ich!« Als habe Michelangelo sie soeben in Stein gehauen, so ekstatisch verschlang sie die Schnitzerei mit ihren Augen und liebkoste sie und wollte sich nicht mehr von ihr trennen.

Am nächsten Morgen war sie fort.

Sie sei mit Ramón in die Berge gegangen, hieß es.

Ich wartete ein Jahr in unserem Zelt. Ich litt und lebte weiter. Ich übte Feuerschlucken, aber es wollte mir nicht gelingen. Nicht wie ihr. Nicht größer als die Seifenblasen eines Asthmatikers waren meine Feuerstöße. Ein Berittener brachte einen Brief, du hast ihn eben gehört, die Sonne ging unter, die ganze Insel roch nach frisch geschältem Holz.

Sie kehrte zurück und brachte dich mit. Dein Name war Hannah Liliane Elsa. Wir nannten dich Lily.

Lange brauchte ich, viel Angst kostete es und Furcht, deine Mutter für immer zu verlieren an dich, bis ich sie fragte, was aus Ramón Fernandez geworden sei, dem Vater ihrer Tochter.

»Er hat mich vom Regal genommen«, sagte sie und schluckte schwer. »Er hat mich einpacken lassen von Mama und wieder auspacken lassen, und wir haben viel gelacht zusammen.«

In dieser Nacht lagst du eng an uns beide gepreßt, glücklich am Beginn deines Lebens, und stundenlang hörten wir dein sattes Schmatzen, bis du einschliefst.

Dann weinte deine Mutter, wie damals unter dem Bärenfell auf dem Marktplatz von Muswell Hill. Und in einer Träne, einer einzelnen, die ihr Auge nicht verlassen wollte, sah ich den Eingang zum Tunnel und dann das Tor und die Gleise und die schwarze Eisenbahn und die Kinder und das kleine Mädchen, das darauf bestand, darauf beharrte, unermüdlich, bis zur sabbernden Sinnlosigkeit, eine Puppe aus Holz zu sein.

Ich nahm deine Mutter in meine Arme und sagte ihr, und meinte jedes Wort, wie ich es sagte, daß ich sie liebte, ganz gleich, aus welchem Material sie sei, aus Fleisch oder Holz oder Venusgestein.

»Keine Liebe ist so hoch wie die Feuer, die ich gesehen habe«, sagte sie. Ihre Augen glänzten jetzt wie die eines Spielzeugs, eines Teddybären, einer Puppe.

»Oh doch. Meine Liebe ist so hoch«, sagte ich müde.

»Keine Liebe ist so hoch wie die Feuer, die ich gesehen und geschluckt habe«, sagte sie. Dann schlief sie ein.

Ich ließ sie schlafen, wie ich sie alles tun ließ, was sie tun wollte, tun mußte. Sie wußte zu gut, wer sie war.

Wo du gewesen bist, meine Feuerschluckerin, stand die Angst still. Jeden Tag, jede Nacht, jede Stunde, jede Minute, jede Sekunde. Jeden Augenblick. Der Rest ist die Geschichte.

Aber ich, war ich eine gute Heilerin geworden in der kleinen Zeit, als meine Liebe mich liebte? Ja, denn ich heilte einige Menschen, nachdem deine Mutter uns beide verlassen hatte, ohne Angabe des Landes, das sie erwartete, allein. Nein, denn ich konnte sie nicht heilen, die ich liebte.

Man fand Ramóns Überreste in den Bergen, ein paar verwitterte Knochen und ein Häuflein Asche in einer Grube, in der der Spaten noch steckte. O pale Ramón.

Du und ich, groß und klein, die wir einander so ähnlich sehen, verließen die Insel.

Ich wurde süchtig nach Zeitungslektüre. Die Sängerin Elizabeth Cassin, ein Duplikat deiner Mutter, gesehen in ›Paris Match‹. Die Tänzerin Orly Shalev, eine Doppelgängerin, gesehen in der ›Jerusalem Post‹. Die Trapezartistin Maud Stuart, eine Zwillingsschwester aus Wicklow County, gesehen in der ›Irish Times‹. Die Regisseurin Letitia Weintraub, eine mögliche Verwandte, gesehen in ›El Pais‹. Der Feuerschlucker Kim LaRue aus Las Vegas, deine Mutter in Männerkleidung? Gesehen in ›Newsweek‹. Du hast mich gefragt, was Liebe sei. Von einem Augenblick zum anderen: Neubevölkerung der ganzen Welt. Wir lieben in anderen Formen, anderen Gestalten den Menschen weiter, den wir immer schon liebten. Nichts geht verloren, wir singen nur ein Lied.

Und die Spaziergängerinnen im Schwarzen Grund. Jeden Tag sehe ich sie, neu gewandet, die Großeltern deiner Mutter. Komisch und würdevoll. Und abends schleiche ich ganz dicht an die Häuser und spähe in die Erker, wo die Mutter deiner Mutter immer weiter liest und auf die Fortsetzung der Geschichte hofft, oder in der Küche Rollschuh läuft, nachdenkend über die neun wundervoll glänzenden Lichter der Sephiroth. Und kein Spielzeugladen, den ich nicht betrete, um meine Liebe zu suchen auf den hohen Regalen. Und kein Bärenkostüm zur Faschingszeit, egal wie armselig, an dem ich mich nicht heimlich reibe. Und kein Feuer, wo auch immer, vor dem ich nicht niederknie.

Es ist spät, und du hast mich gefragt, wer deine Mutter war. Schlaf gut, sie wurde sehr geliebt.

Sie verließ die Länder, und die Länder blieben leer zurück.

Der Koch, der nicht ganz richtig war

Ein Koch, der nicht ganz richtig war, trat meiner Tante zu nahe. Sie wich einen Schritt zurück. Aber der entflammte Koch, blindwütig und abgefeimt, wie die Köche damals waren, hakte schamlos nach. Da biß meine bedrängte Tante herzhaft in seine Hand, und die schmeckte nach Hering und billigem Parfum aus dem besetzten Rheinland. All dies und vielleicht noch viel mehr geschah im letzten, dem Zwanzigsten Jahrhundert, in der Stadt Gleiwitz, oder hieß sie in jenen Tagen schon Gliwice, im Alten Land, an den Ufern eines Flusses, dessen Namen ich nicht mehr finden kann in meinem Kopf. Der Koch war ein aufgetakelter Geck und Tunichtgut, hellblaue Gamaschen führte er spazieren und raffinierte Manschettenknöpfe aus Katzengold, klein und dunkel und charmant war er, auf trügerisch harmlose Weise. Das Rheinland war wieder besetzt, ja, ich erinnere mich, das Parfum war miserabel. Meine Tante war Krankenschwester. Drei oder vier Kriege hatten stattgefunden, und natürlich die Seuche. In einem dieser Kriege hatte meine Tante die Wunden vieler Soldaten gewaschen und verbunden, als sie ein sehr junges Mädchen war. Der Koch stammte aus der Hauptstadt des Rheinlandes, damals hieß sie Köln, berühmt für ihr monströses Denkmal eines Schwertfischs. Der Koch war ein leidenschaftlicher Liebhaber und ein leidenschaftlicher Lügner. Seine Mutter stammte aus Spanien, sein Vater aus österreichischem Adelsgeschlecht. Aber seine Mutter war auch aus Griechenland und sein Vater ein englischer Lord. Und zu guter Letzt kam die

Mutter aus Ägypten und der Vater aus dem Alten Land. Er war ein Koch von Gottes Gnaden, ein glühender Verehrer erlauchter Düfte und Häuche, ein Forscher im unerforschten Königreich Aroma, längst verloren für seine blaublütige Familie. Jahre und Jahre später fand ich heraus, der Koch war Zigeuner und geboren auf der Landstraße, irgendwo zwischen Kleinstadt und Großstadt. So beginnen die Tragödien. Es war eine schwüle Sommernacht, als meine Tante in seine übelriechende Hand biß und in der Alten Sprache sagte:

»Ach, lassen Sie mich doch in Ruhe, Sie abscheulicher Mensch!« Der Koch leckte seine rasch schwellende Pfote, betupfte die vorspringende Stirn mit einem Seidentuch und verliebte sich unsterblich. Wieder einmal war es zwischen den Kriegen, und meine Tante war noch immer recht jung. Der Koch verliebte sich in ihren wildwüchsigen schwarzen Krauskopf und in ihre mosaisch mandelförmigen dunklen Augen, in denen einige wenige Menschen des letzten, des Zwanzigsten Jahrhunderts eine uralte, eine prähistorische Müdigkeit lasen. Ihre Augen, wie die der sehr alt werdenden Tiere, waren schon durch die Zeit gestreift, lange bevor sie sich der Welt öffneten am ersten oder am zweiten Tag ihres Lebens.

Der Koch fällte eine folgenschwere Entscheidung. »Meine Mutter stammt aus Ägypten«, sagte er. Er nannte sich Graf Leopold Friedrich Suleiman Hagendorn. Auf der Stelle schlug er vor, die endgültige kulinarische Apokalypse heraufzukochen, droben in seinem »Labor mit Wohngemach«, wie er seinen Verschlag nannte. Ein köstliches, göttliches, ägyptisches Mahl von endgültiger Gaumengüte wolle er bereiten, eine gefüllte Lammbrust mit Sauerkirschen auf kräftig durchgekochtem Reis. Meine Tante lehnte schaudernd ab.

Komm mit mir, du Liebe meines Lebens, wisperte der Koch, komm mit mir in mein Labor und Wohngemach, und ich werde mir die Seele aus dem Leib kochen. Meine Tante enteilte. Der Koch verliebte sich in ihren flinken Gang. »Ei potz!« murmelte er vor sich hin, »ei potz!« Und er folgte ihr, flinker als der Fluß.

Ja, damals gab es einen Fluß, der floß durch das Alte Land. Da gab es Fischer und Fische und Uferwege, und die glücklosen Fischer sahen zu, wie die glücklichen Liebespaare hummerrot unter den satten Sommersonnenuntergängen schlafwandelten. Die jungen Menschen starrten voller Angst in ihre eigenen fremden Gesichter im welligen Wasser an den Vorabenden ihrer Leben als erwachsene Menschen, und alle untiefen Wasser des Alten Landes führten die schwarze Farbe des Ertrinkens. Der verliebte Koch erspähte meine Tante, wie sie am Fluß kniete und das Wasser aushorchte, und sein ungelenkes Herz setzte einen langen, folgenschweren Schlag aus. Meine Tante liebte das feuchte Element, zu jeder Tageszeit und auch bei Nacht war sie zu sehen, wenn sie von einem Städtchen zum anderen schwamm, eine hochgewachsene junge Frau, die geschmeidig kraulend oder mit kräftigen Bruststößen ihre Bahn zog. Den großen Krauskopf weit vorgereckt, tauchte sie in die Tiefe, wo die ewig schmollenden Fische auf sie warteten.

Ihr Name war Tante Frenzi. Franziska Vogel aus Gleiwitz Gliwice, aus dem Land ohne Wiederkehr.

Ich bin ein Mann der Erinnerung. Ich erinnere mich. Zum Beispiel an meinen Namen. Als ich ein Kind war, traf ich einen alten Mann in den Bergen. Ein vieläugiges Glimmen von vielen kleinen Freudenfeuern schimmerte auf und erlosch an den Hängen, also war es wieder einmal zwischen den Kriegen und ein

Feiertag. Zwischen den Kriegen hatten wir Spielzeug. Mein Spielzeug war eine kleine Botanisiertrommel, sie wurde mir vererbt zum besseren Verständnis der Welt. Ich sammelte unsichtbare Insekten und mied die sichtbaren. Zwischen den Kriegen wütete die Seuche. Plötzlich erschien ein alter Mann aus dem Dunkel, schweigend untersuchte er ein weites Netz an einem langen Stock, zweimal so lang wie der riesenhafte Mann war dieser Stock. Wer war er? Warum starrte er so in sein Netz? Umständlich und dreist waren meine Fragen. In jenen Tagen schien die Menschheit, der auch ich mehr oder minder schon angehörte, verängstigt. Die Menschen lebten in Todesängsten vor einer Tür ohne Klingel, einem Himmel ohne Donner, einem Hund ohne Gebell. Aber der Alte Mann vom Berg schwieg. In seinem geräumigen Netz rührte sich etwas, ein flatternder Fang. War er ein Vogelfänger? Und wenn er ein Vogelfänger war, fragte ich mich, war es dann nicht schon zu dunkel zum Vogelfangen? Ich wagte mich vor und zeigte ihm meine kleine Botanisiertrommel, randvoll mit dunkelster Bergluft. Er unterzog sie einer langen, nachdenklichen Prüfung. »Wie heißt du, Bub?« sagte er. »Ernst Vogel«, sagte ich. Das war damals mein Name. In der Alten Sprache, damals, war »Ernst« nicht nur ein Vorname, es bedeutete auch »tief« wie in »tiefer Trübsinn«. Und »Vogel« war nicht nur der letzte der mosaischen Nachnamen, sondern bedeutete auch ganz einfach »Vogel«, wie in »der Vogel brütet«. Ich war ein tief trübsinniger Brutvogel. Der Alte Mann vom Berg gab mir meine leere Botanisiertrommel zurück. »Nein«, sagte er, »Spaßvogel heißt du.« Mein Name, das war mein Leben.

Der Koch kam zu spät zur Arbeit im verruchten Restaurant. Seine Brotherren kochten ihn auf kleiner Flamme gar. Himmel, waren das schäbige Menschen, so klein und gemein, machten ihn ganz dusselig mit ihrem ewigen Geschrei nach Fettsuppe und Flaufisch, ihn, den denkenden Koch, gossen Hohn und Spott über seinen raffinierten Semmelsalat mit Linsensoße. Letzte Nacht war er spät nach Hause gekommen. Durch ganz Gleiwitz Gliwice war er meiner Tante gefolgt bis zu der schrägen Gasse, in der sie wohnte, mit ihrer Katze und ihren Hoffnungen und ihren Aquarellen vom Meer. Der stieläugige Koch hatte sie das Licht anzünden und die Gardinen zuziehen und das Fenster für die Katze öffnen sehen. Und wie er dort in seinem safranfarbenen Sonntagsanzug unter einem süß duftenden Baum stand und jeder ihrer überlebensgroßen Schattenbewegungen mit blanken Blikken folgte, schwappte eine hohe Welle von Zärtlichkeit hin und her in seinem Körper und bis hinauf in seinen Kopf und verwandelte sein altes Sinnen (Kochen) in ein neues Trachten (Lieben). Aber wie er beides verbinden würde! Wie er diese beiden zerstrittenen Zwillingstriebe der Menschheit wiedervereinen würde! Und auf sachten Sohlen nach Hause steppend schrieb er, aus dem Kopf, den ersten Brief seines Lebens. Nur die Katze, die ihrer eigenen, abenteuerlichen Wege ging, hatte ihn gesehen. In dieser Nacht träumte meine Tante wieder, sie sei eine Meerjungfrau und das Meer sei nicht mehr da und der Meeresgrund sei zu Stein geworden und der Stein …

»Liebstes Fräulein Unbekannt, Angebetete, Stern von Gleiwitz, sehr geehrtes Fräulein Franziska Vogel«, schrieb der Koch in seiner kolossalsten Krakelschrift auf ein hellblaues, parfümiertes Blatt Papier auf der Anrichte im verruchten Restaurant, »ich bin der Kochkünstler, der es wagte, sich Ihnen unten am Fluß vorzustellen.« Glauben Sie mir, fuhr der Brief fort, ach bitte glauben Sie mir doch, daß ich Ihnen ganz einfach folgen mußte, um

Ihren werten Namen herauszufinden, dessen Schönheit auf meiner Zunge Funken sprüht wie ein Edelstein, wie man so sagt. Als ich meinen Blick auf Sie warf, wußte ich, daß mein Leben ein Heim, einen Hafen und einen Sinn gefunden hat. Und ich wußte, daß auch Sie wußten, Angebetete, denn erspähte ich nicht das Kleinod ewigen Verlangens in Ihren wunderschönen schwarzen Augen, nicht wahr? Gewähren Sie mir ein Wiedersehen, wo immer und wann immer Sie wünschen, liebstes Fräulein Vogel. Was kann ich über mich sagen? Es gibt leider keinen Menschen in diesem Städtchen, den ich meinen Freund nennen könnte, der für mich sprechen könnte, der sich für mich verbürgen könnte, wie man so sagt. So werde ich es selbst tun müssen. Ich bin von edler Abstammung, meine Mutter kommt aus Ägypten, aus der Wüste, wo die Pharaonen herrschen. Und mag ich mich auch in die Vergessenheit der östlichen Suppenküchen gekocht haben, seien Sie versichert, meine große Liebe, daß ich mich sehr bald schon wieder herauskochen werde. Dann werden wir stolzen Hauptes durch die ganze Welt ziehen, nicht wahr? Hoffend, daß Sie mich hoffen lassen und mir ein Zeichen geben, und bald, verbleibe ich, in glühender Erwartung, Mädchen meiner Träume, wie man so sagt, Ihr liebeskranker Graf Leopold Fritz Suleiman Hagendorn. P.S.: Ich muß für Sie kochen, um jeden Preis! Ich gehorche überirdischen Stimmen. Ein ägyptisch gedünstetes Lamm vielleicht, mit einem Hauch Tomatenpaste auf kräftig durchgekochter Semmel?

Meine Tante erhielt diese hochfahrende, aufdringlich nach Makrelen riechende Epistel vier Tage später. Das Rheinland war wieder besetzt, die Seuche wütete, die Post arbeitete mangelhaft. Wenn zwischen den numerierten und unnumerierten Kriegen die Seuche wütete, stapelten sich Berge von Briefen, Briefe schwer wie kleine Götterbücher, Briefe lang und hartnäckig wie die Seuche selbst, blockierten die geheimnisvollen Wege der postalischen Zustellung. Tante Frenzi hielt die Ergüsse des Kochs für einen harmlosen Scherz und steckte den Brief in ihr Portemonnaie, um die Freunde im Krankenhaus damit zu belustigen. Sie stand früh auf, packte das wasserdichte Bündel mit ihrer Schwesterntracht, spazierte im weißen Badeanzug zum Fluß hinunter und schwamm zur Arbeit im Nachbarort, dessen Namen ich nicht mehr finden kann in meinem Kopf.

»Schneller, Frenzi, schneller!« riefen die Fischerskinder vom Ufer. Und sie hielt an und winkte ihnen, und ihr großer, weicher Mund öffnete sich zu einem glitzernden Lächeln unter der frühen Morgensonne.

Meine Tante Frenzi wohnte in einer engen Gasse, die sich einen Hügel hinaufschlängelte und zu einer der vielen Kirchen des Alten Landes führte und Hochkirchgasse hieß. Aber sie schmuggelte ein unfrommes »s« in die Kirche und taufte ihre Gasse um in Hochkirschgasse. So verfuhr meine Tante mit der Welt.

Sonntags erwachte Tante Frenzi früh und stand spät auf. Sie wartete die Kirchenglocken ab, die das Gemeindevolk zusammenläuteten. Waren dann alle im Haus der Götter verschwunden, stahl sie sich in die Gärten des Priesters und pflückte heimlich Pflaumen von den priesterlichen Bäumen. Die sehr jungen, sehr blassen Mädchen erwarteten sie schon sehnsüchtig. Die jungen blassen Mädchen traten von einem Bein aufs andere unter den überreifen Pflaumen des Alten Landes. »Rasch, rasch, Frenzi, weißt du noch eine klitzekleine Sünde?« fragten sie und halfen ihr, die Pflaumenbeute einzupacken. Und wenn sie die sonntägliche Sünde verabreicht hatte, schlenderte sie die Hochkirschgasse hinunter, während die blassen Mädchen sich kichernd zur Beichte aufmachten und das unermüdliche Gemeindevolk die Kirchenwände mit seinen vieldeutigen Preisgesängen niederbrüllte. Nicht einmal ein trauriges Lächeln vermochten sie dem altheidnischen Gesicht der Franziska Vogel zu entlocken.

Mittwochs ging Tante Frenzi in die Bücherei, um ein paar Zeitungen und einen teuren russischen Roman durchzublättern, dessen Titel ich nicht mehr finden kann in meinem Kopf. Die Einwohner von Gleiwitz Gliwice, die in der Bücherei ihre Zeit verbrachten oder ihren Lebensunterhalt verdienten, sahen sie in der äußersten Ecke des Lesesaals an einem Lesetisch sitzen, schwarze Locken schienen einer gewöhnlichen Tageszeitung zu entsprießen, aber hinter den Großbuchstaben der weltweiten Katastrophen versuchten die prähistorischen, mandelförmigen Tieraugen eine ganz private Botschaft zu entziffern, hingekritzelt in italienischer Sprache auf einem winzigen Fetzen Papier, den sie in ihrem Schoß verbarg. »Mi sono divertito moltissimo. Vive sola?«

Freitags gab Frenzi ihren allsommerlichen Abendkurs »Blut, Herz und Blutgefäße für Krankenschwestern«. Sie stand vor einer mächtigen Tafel, auf die sie mit flammend roter Kreide ein grausam vergrößertes Herz gemalt hatte, das eher einer fleischfressenden Pflanze ähnelte als der menschlichen Schleuse, die man einst irrtümlicherweise für den Sitz des Mitleids hielt. Herzinsuffizienz, begann Frenzi und schaute aus dem Klassenfenster, wer kann mir etwas darüber sagen? Die neue Generation von Krankenschwestern saß starr vor Insuffizienz, Hände auf bebenden Busen, unter denen sie den alten Sorgenstifter die Zeit totschlagen fühlten. Man kann daran sterben, fuhr Frenzi fort.

Sonnabends schwamm Franziska Vogel zum Nachbarort, um

dort den Mann zu treffen, den sie liebte. Er wartete auf dem Landungssteg im diffusen Unterwasserglimmer einer grünen Laterne. Er streckte eine grünliche Hand aus, half ihr auf die schlüpfrigen Planken und war so frei, ihr pechschwarzes, nach Lavendel und Flußfäule duftendes Haar mit seinen Lippen zu streifen. Als aufgeweckte Schwesternschülerin hatte meine Tante im Verlauf ihres ersten eigenen Krieges einen kurzen, aber gründlichen Blick auf das sagenumwobene männliche Geschlecht geworfen und entschieden: Das konnte warten. Und so hatte es gewartet, und mit einer ganzen würdevollen Generation wohltemperierter Katzen hatte sie uferlose Gespräche über das Meer geführt, das ferne gewaltige Meer, das die Aquarelle an ihren vier stummen Wänden überflutete. Aber welche Frau des Letzten Jahrhunderts konnte einem Mann widerstehen, der am Mittag erwachte und Gedichte schrieb, um sie gleich wieder neu zu schreiben, und vorgab, fünf Sprachen zu sprechen, einschließlich der Alten Sprache, die zufällig auch seine Muttersprache war, und sich verliebte, um sich weiter zu verlieben, und ein gutaussehendes, braungebranntes Opfer der Seuche war und auf zartfühlende Weise wohlhabend und scheu und bebrillt und ein tollkühner Automobilist und ein kecker Kußdieb, und das alles in einem? Sein Name war Gershon Schwander, geboren im einstigen Litauen, Sproß einer Familie florierender Fensterscheibenfabrikanten. Franziska Vogel war seine allererste Krankenschwester. Jedes seiner Worte wollte sie entziffern.

Montags erhielt Tante Frenzi jetzt raffiniert verschnürte Päckchen, die von Fett so troffen, daß der Postbote sie gleich hinter der Gartenpforte abstellte. Abends, zurück vom Krankenhaus, kniete Tante Frenzi tropfnaß im Gras und untersuchte den Inhalt. An einem Klumpen ranziger Krumen klebte in kolossaler

Krakelschrift eine unlesbare Notiz, die das Geschmadder zur »Köstlichen ägyptischen Lauchtorte mit edlem Rübenzucker« erklärte. Sonnabends sah sie eine Gestalt, die safranfarben durch die Uferböschung brach. Tante Frenzi tauchte tief unter. Sonntags dieselbe Gestalt, rund um die Kirche wieselnd mit einem Packen schwarzer Bücher unter dem Arm. Und die beklagenswerten Briefe verstopften weiter ihren Briefkasten. Ihr Briefkasten roch jetzt nach dem derben Parfum des Ostens, dieser Duftmischung aus toter Makrele, saurem Haschee und bluttriefenden Innereien. Unterzeichnet »auf ewig, Graf Poldi Fritz Suleiman Hagendorn«. Die Briefe blieben unbeantwortet. Und die pyramidonalen Torten stürzten in sich zusammen im Gras des Gartens. Gleiwitz Gliwice erfreute sich des Sommers. Hosen und Röcke, gelupft und gebläht von abendlichen Brisen, lagen fein säuberlich über den Hecken, unter denen selbst die Igel in ihren geheimen Erdwinkeln keinen Schlaf finden konnten. Und des Nachts holten schlaflose alte Fischer zartglasige Kondome ein, die langsam und lautlos den Fluß hinabtrieben. Die Menetekel an den Wänden sagten alle: »Achtung! Liebe! Lebensgefahr!« Und Poldi Fritz Suleiman verliebte sich in Franziskas anhaltendes Schweigen.

»Ungenießbar!« hörte man den erbitterten Koch zu allen Stunden der Nacht in seinem dubiosen Wohngemach ausrufen, einer schmutzstarrenden, vollgestopften Dachkammer, wo er blubbernden Hirns auf einem winzigen Bunsenbrenner begonnen hatte, den letztendgültigen Liebestrank zusammenzubrauen. Unsägliche Säfte strömten, zweifelhafte Essenzen explodierten, heiße Tränentropfen vermischten sich mit turbulenten Tinkturen in Temperaturen. Er schuf und schuftete bis zum frühen Morgen, erschien verschnupft und verschwollen und gehörig verspätet zur Arbeit im verruchten Restaurant, wo ihm seine Brotherren die Haut in Streifen einpökelten. Aber diese Nächte der Schöpfung! Diese hemmungslosen Sekündchen der heißen, göttlichen Überdosis! Und wenn die Dächer kra-ha-chen, sang der Koch, so will ich lustig la-ha-chen! Da geht der Koch, sagten die alten Frauen, und sie wußten alles über die vielen Symptome der männlichen Seele im Unruhezustand. Und sie verriegelten ihre Fenster und murmelten: Wenn der nicht was ausheckt! Schon sonnte sich der Koch in einem Goldenen Zeitalter kulinarischer und amouröser Weltrekorde, die bald bevorstanden. Sein Liebestrank würde das Antlitz der Erde verwandeln. Er würde seiner angebeteten Frau vom Fluß diesen noblen Nektar als Hochzeitsgeschenk einflößen, auch das stand kurz bevor, denn der wunderschöne, dunkle Delphin hatte sein schüchternes Schweigen gebrochen.

Herr Hagendorn, hatte meine Tante auf die nächstbeste Ansichtskarte geschrieben (grausam vergrößerte Schmetterlinge beim Spiel im diffusen Botanischen Garten von Gleiwitz Gliwice), hiermit ersuche ich Sie nachdrücklichst, mich nie wieder zu belästigen, weder mit Briefen noch mit Torten. Ich hoffe, mich deutlich gemacht zu haben. Unterzeichnet: F. Vogel, Krankenschwester. Und es folgte ein Nachsatz in ihrer wütendsten, gekräuseltsten Schrift: »Lernen Sie doch erst einmal Ägyptisch, Sie Aufschneider!«

»Meine Liebe«, ritzte Tante Frenzi dann in ein Stück Treibholz, »ich will dir treu sein wie meinen Füßen.« Sehr hübsch, bemerkte Gershon Schwander, gut gesagt, hübscher Satz, fahr fort. »Ach Gershon«, seufzte Frenzi in der Alten Sprache, die mehr Seufzer kannte als Vokale und Konsonanten. Komm zurück in den Dschungel und küß mich da. Der Dichter gehorchte. »Vive la vita nonstop«, sang er in Italienisch und Englisch, den Sprachen der Ankunft und des Abschieds. Und dann las er ihr seine ziellosen Gedichte vor, die handelten in fünf Sprachen von der Kunst des Dichtens und von den Automobilen und von der Seuche. Während er las, zählte die kräftige Frau in seinem Arm die namenlosen Lichter am anderen Ufer und fragte sich, wie Menschen leben und atmen konnten ohne die Poesie eines Gershon Schwander. An den Tagen des Saturns in seinen Armen unter der Mole verschwammen ihre festen Vorsätze. Langsam füllte sich die flammend rote Zeichnung vom fleischfressenden Herzen mit Liebe, und endlich erkannte sie, daß die Insuffizienz dieses Muskels zur Einsamkeit führen konnte im letzten, dem Zwanzigsten Jahrhundert. Und so verging die Zeit. »Mi sono divertito moltissimo«, summte sie und entkleidete sich in ihrem Zimmer, wo all die aquarellenen Meere gen Italien rollten. Wohin der Dichter sie bald entführen würde, denn man hatte Pläne geschmiedet. Vive sola, summte sie, nein nein nein, oder doch? Oder nein? Nein nein!

Ja, Sie haben sich ganz deutlich deutlich gemacht, schrieb der Koch auf eine Ansichtskarte (sie zeigte die ehemalige Hauptstadt des Rheinlandes), und so lustig, so lustig, und so listig, so listig, mein geliebter, weitsichtiger Delphin. Und geheimnisvoll fügte er hinzu: Mein Liebling, warte! Bald! Gezeichnet: Suleiman Hagendorn, Koch. Natürlich wollte sie seine Briefe, der schlaue, kleine Schatz, sehnte sich nach seinen Briefen, aber in Ägyptisch sollten sie sein und die Kuchen noch pyramidonaler und sein ganzes Benehmen noch mesopotamischer. Wie kompliziert Frauen waren, wie belebend aber auch. Und der Koch fällte eine weitere folgenschwere Entscheidung.

Im Krankenhaus sagte man meiner Tante, sie sei schwanger. Mit pochenden Schläfen schwamm sie nach Hause. Schneller, Frenzi, schneller! riefen die Kinder, aber zum ersten Mal winkte der ulkige dunkle Lockenfisch nicht zurück. Mit wem konnte sie reden? Der Fluß war viel zu tief. Aus heiterem Himmel ging die Zeit der Seuche wieder einmal zu Ende, die Sprachhervorbringungsorgane arbeiteten unermüdlich und unerbittlich für ein letztes kurzes Freisein vom kommenden Seelenfrieden, und die Menschen sprachen nicht nur miteinander in Angst, sondern auch mit sich selbst, in Doppelangst. Jeder Mensch, der einen Körper sein eigen nannte, war der Meinung, ein neuer Krieg tue not. Großer Weltkrieg, summten sie samstagabends zu Hause, großer Gruselfilm, komm bald, uns zu trösten. Laß sie uns Miriam nennen, schlug Gershon Schwander vor, wenn es ein Mädchen wird. Und er schrieb seine Gedichte und verirrte sich in vielen Dschungeln. Und Frenzi träumte von der Liebe in Italien, von der Liebe im Krieg. Hochzeit in Verona, erzählte sie ihrer vornehm gelangweilten Katze, mit dem Mann meiner Träume. Der schrieb, in seiner ungenauen Vielsprachigkeit: »Pas d'espoir but much to hope« und gab ein Vermögen für Wörterbücher aus, die er nie auch nur aufschlug. Alle wohlauf, schrieb seine wohlhabende Familie aus Litauen, einhundertundfünfzig Fensterscheiben letzte Woche.

Jetzt kommt der Koch, summte der Koch auf dem Weg zur Bücherei von Gleiwitz Gliwice. Aber er wählte das falsche Buch. Der Herbst war da. Der Liebestrank näherte sich seiner Vollendung, war jedoch noch immer ungenießbar. »Ägyptische Sprache« hieß das Buch, mit merkwürdigen Kritzeleien auf dem Umschlag. Liebe hieß Lernen. Und der Botanische Garten war auch sehr belebend mit seinen erotischen fleischfressenden Pflanzen in den Gewächshäusern, bewacht von stolzen Männern in Uniformen. Sein Delphin schwamm den Fluß hinauf und hinab, langsamer jetzt, als wollte sie ihm sagen: Komm, fang mich. Aber noch nicht, noch nicht gleich. Der Koch lernte erst einmal Altägyptisch, samt Hieroglyphen. Er spürte, zum ersten Mal in seinem Leben, daß es eine andere Welt gab, jenseits der Kochtöpfe. Ei potz!

Es war ein bewegter Herbst. Gershon Schwander hatte sich einen Verleger gekauft, der seine Gedichte veröffentlichte. Frenzi hatte sich einen größeren Badeanzug gekauft und ein Buch über die Seuche. »Jetzt kann ja nichts mehr schiefgehen«, sagte sie laut zu sich selbst, und ihre großen, schwarzen, langlebigen Augen blitzten auf angesichts der Späße, die die Weltgeschichte braucht, um zu entstehen. Der Weihnachtsabend brachte ein herzzerreißendes Läuten der Türglocke, aber keinen Gershon, nur einen Brief durch uniformierten Boten. Die Katze wunderte sich und sah den Boten in die weiße Nacht entschwinden. Die Nacht roch nach frisch gespitzten Bleistiften und festgebackenem Schnee, der das Alte Land im Winter zudeckte. Und auf wundersame Weise war der Mond verschwunden, und Franziska träumte wieder, sie sei eine Meerjungfrau und das Meer sei nicht mehr da und der Meeresgrund zu Stein geworden und der Stein … »Ach Gershon«, murmelte sie, vom Läuten der Kirchenglocken geweckt, wir werden so glücklich sein zusammen. Poet und Krankenschwester. Gab es in schweren Zeiten ein perfekteres Paar?

»Emma Oet uà em«, hatte der Koch unbeholfen hingekritzelt. Bedeutung, vor Tausenden von Jahren: Laß mich Besitz ergreifen.

Immerhin war es ein solides Zeitalter für Fensterscheiben. Gershon Schwander hielt sich an der Reling des großen Schiffes fest und guckte in den Himmel. Wie sehr Frenzi diese Reise gefallen hätte. Wo sie jetzt wohl war? Ein Mann mußte zuerst an seine Zukunft denken. Meine Tante hatte des Dichters Leben gerettet, in einem entscheidenden Augenblick der Geschichte, als sie ihn ausgestreckt auf einem Divan fand, eine halbleere Flasche Barbiturate in seiner zerbrechlichen Hand. Sein Abschiedsbrief an die Welt lautete: »Die Welt ist noch nicht reif für meine Gedichte.« Die Schlangen in den Feuilletons der Tageszeitungen hatten ihre Schleimspuren auf seinem Bändchen hinterlassen, hatten es als »babylonäsisch« verzischelt. Nun war er unterwegs nach Montevideo, wo die Fensterscheibenbranche gerade zu blühen begann. Nach großen schwarzen Krauslockenköpfen würde er sein Leben lang Ausschau halten, soviel stand fest. Aber »tant pis« sagte er zum Atlantischen Ozean, soll ein anderer Mann mein Kind wiegen. War nicht der Krieg der Vater aller Dinge? Und vaterte auch reichlich zerbrochene Fensterscheiben?

Frenzi gab ihre Arbeit im Krankenhaus auf. Ohne sie wirkte der Fluß leer. Kein Lockenfisch mehr, der seine Bahnen zog. Sie mühte sich, eine Inschrift von ihrer Türschwelle zu entfernen. »Ich liebe Sie«, hatte der Koch in grellweißer Farbe auf Frenzis Schwelle gepinselt. Gershon hatte ihr Geld gegeben, viel Geld, ehe er das Weite suchte. Sie fühlte, wie sich das Kind in ihr bewegte, es zupfte sie im Innersten, immer zupfte es. Schsch, Miriam, sagte sie und weinte bitterlich. »Mi sono divertito moltissimo«, las sie wieder und wieder. »Vive sola?«

In jenem Frühjahr näherte sich der Liebestrank seiner Vollendung. Die Gäste des verruchten Restaurants wurden sehr krank. Die Hochzeit war nur noch eine Frage von Stunden, sein Ägyptisch wurde immer besser. »Uàb-k uàb ka-k uàb bak«, schrieb er seinem Delphin, der kaum mehr auftauchte dieser Tage, scheuer kleiner Fisch! (Rein bist du, rein ist dein Ebenbild, rein ist deine Seele.) Da geht der Koch, sagten die alten Frauen und verriegelten ihre Fenster, wie seltsam er geht. Der Koch übte, wie man ägyptisch einherwandelt und den Arm anwinkelt und den Kopf gerade hält. Seine Hieroglyphen wurden von Tag zu Tag kunstvoller. Sehr geehrte Herren, schrieb er in einem Brief an die »Ägyptische Regierung in Ägypten«, hier bei uns ist der Nachschub an Büchern in Ihrer schönen Sprache leider gering, könnten Sie mir sehr sehr bald ein paar schicken? Es eilt! »Xeper« (ich bin) immer Ihr Suleiman Hagendorn, Graf und Koch. Und dann rückten, langsam und leise, Schritt für Schritt, die Verfolgungen an die Stelle der Seuche. Der Verfolgungssport brachte die Menschen in Form für die ordentliche Kriegsführung. Wir sind Kinder ein und desselben Gesanges, spielten die Spinette im Chor, laßt uns die Kinder aufspüren, die nicht musikalisch genug sind. Laßt uns auch die Menschen aufspüren, die ihre Stiefel nicht gründlich geputzt haben. Aber der Koch lebte im Land der Sprache und der Flüssigkeiten. Der Liebestrank sah jetzt aus wie der Stoff, aus dem einst Murmeln gemacht wurden, zarte, nie gesehene Farbstreifen, die zerflossen in noch zarteren Schatten von Farben, die erst kommen sollten.

Die Stadt, die früher Berlin geheißen hatte, war bekannt als die Stadt, in der man gerne ein Stein gewesen wäre. Frauen ohne Männer lebten dort und schoben ihre Kinderwagen, oftmals leer, oder saßen auf Bänken in Parks, oftmals überfüllt, und starrten in die nackte Erde. »Du bist verrückt, mein Kind, du mußt nach Berlin«, summte meine Tante beim Kofferpacken, »wo die Verrückten sind, da gehörst du hin!« Auf Wiedersehen, Gleiwitz, weinte Frenzi am Ufer ihres Flusses, auf Wiedersehen, Fische, schwimmt! Sie zerriß eine Ansichtskarte vom Rio de la Plata, komm zu mir nach Montevideo, Frenzi Vogel, zögere nicht, ich bin so einsam, te quiero mucho, Dir und meiner schlummernden Tochter in Deinem Bauch einen erlebnisreichen und schönen Krieg, Dein Gershon. Am anderen Ufer entkleidete sich, mit eigentümlich angewinkelten Armen, eine einsame Gestalt bis auf die safranfarbenen Badehosen.

Sie versteckt sich vor mir, dachte der Liebestrankerfinder viele Monate später, sie will, daß ich ein klein wenig frecher werde. Die Briefzustellung war endgültig zusammengebrochen. Statt einfacher Briefe wurden nun Götterbücher und Gewehre befördert. Der Koch wagte nicht, seine Schritte so bald vor der Hochzeit in die Hochkirchgasse zu lenken, wurde aber frech und schickte seine Liebesbriefe ins Krankenhaus, dessen Adresse er herausgefunden hatte. Hm hm, brummten die Ärzte über ihren gigantischen Portionen Eisbein mit Erbspuree, ein schwerer Fall von drittgradiger Aphasie, man lese nur dies: »Maa-à neferu-k ufà-a tep tà.« (Ich werde deine Schönheit erblicken, ich werde stark sein auf dieser Erde).

Miriam Vogel wurde geboren in der Hauptstadt des Freitods, Berlin Bezirk Steglitz, am 17. Mai, doch das Jahr will ich nicht mehr finden in meinem Kopf. Zum dritten Geburtstag schenkte Tante Frenzi ihrer Tochter eine kleine Botanisiertrommel zum besseren Verständnis der Welt, die gerade wieder einen fröhlichen Krieg feierte. Miriam Vogel war das erste Kind und das letzte, das im Alten Land mit einem Schopf schwarzer Locken zur Welt kam. Ein paar Sommersprossen des Dichters Schwander tanzten um ihre mosaische Nase. Frenzi nahm sie auf die Schulter und trug ihr eigen Fleisch und Blut zum Kanal, der einst durch die große Stadt floß. Bald werden wir zusammen schwimmen, wisperte sie und schloß ihre müden Augen, die voraussahen, was nie im Leben vorauszusehen war. »Ach Miriam, das Leben ist lang.«

Komm her, Spaßvogel, sagte der Alte Mann vom Berg am Anbeginn meiner Zeit, ich zeig dir was. Komm zu mir, meine Liebe, schrieb Gershon Schwander auf Ansichtskarten, die den Parque Rodó in Montevideo im Winter unter der Großen Sonne zeigten, aber sie wurden nicht nachgesandt. Komm zu mir, Delphin, schrieb der Koch auf ein mit Hieroglyphen übersätes Blatt, »Arià xeperu neb er tàtá àba-à« (Ich habe mich gewandelt, ich folgte dem Diktat meines Herzens), aber den Ärzten war das Lachen inzwischen vergangen. Komm her, Miriam du Kleine, rief Frenzi, aber das Kind verharrte vor einem Spiegel. Und so kam niemand. Außer mir, viel später, um nachzuschauen, was der Alte Mann vom Berg mir zu zeigen hatte.

Der Koch schwamm zum Krankenhaus, wo man ihm den Einlaß verwehrte. Er fällte eine weitere folgenschwere Entscheidung. Geisteskranke Ärzte konnten seinen Delphin nicht ewig vor ihm verstecken. Gewiß wartete sie schon auf ihn, im Nachbarort des Nachbarortes. Der Koch wurde ein guter Schwimmer, aber irgendwo mußte der Fluß enden. Der Liebestrank näherte sich der Vollendung, und seine Briefe wurden frecher und frecher. Die Schöpfung, räsonierte der frisch gebildete Koch, schlug deshalb fehl, weil sie zu ungeduldig war, zu eifrig, weil sie nicht lang genug gewartet hat auf meinen Liebestrank. Im Letzten Jahrhundert gab es viele Künstler. Und ein göttlicher Koch zeichnete, ganz wie die Götter selbst, als sie versuchten, Zeichnen zu lernen, auf eine Weihnachtskarte, die den Fluß zeigte, den er jetzt so liebte: »Xeper-à xeper xeperu«. (Ich bin das Wesen, das erstand und das die Wesen erstehen ließ, die dann erstanden). Was wußte er schon.

Der Verfolgungssport beendete die Saison, wie üblich, mit ein paar packenden Endspielen. Beliebte Trophäen waren Musikalische Ohren und Mosaische Nasen. Der Koch, dem beides fehlte, überlebte die Verfolgungen, indem er für die Verfolger kochte. Endlich konnten die Besitzer des verruchten Restaurants zufrieden sein. Die Verfolger, deren Namen dem menschlichen Gedächtnis entfallen sind, und das menschliche Gedächtnis bin ich allein, gingen sogar noch weiter: nun mußten es Tiere sein, die Berufen nachgingen, Zirkusaffen, Packesel, Nachrichtensprecher. Nach endlosen Seuchen verfolgten sie Blaue Notizbücher und Sänger Naiver Lieder, und als die Kriege in die Jahre kamen, waren endlich die Tiere ohne Beruf an der Reihe. Am Ende war es wie Ertrinken. Sie spritzten Gift in die Venen meiner Tante Franziska Vogel, nachdem sie ein Jahr Verfolgung mit ihr gespielt hatten. Nein, es war nicht Gift, ich vergesse es immer wieder, es war das Element, das wir alle atmeten, das spritzten sie, »Luft«, und sie lachten, wie Menschen lachen, wenn sie das Leben in vollen Zügen atmen. Sie starb an Luft in ihrem Blut, und die Verfolger schmetterten Miriam Vogels kleinen Kopf gegen eine Wand aus Stein, bis nichts von ihr übrig war, nichts nichts. Mi sono divertito moltissimo. Vive sola? Ich hab mich großartig amüsiert. Lebst du allein?

Meine Tante hinterließ dem Mann, der mein Vater war, eine Botanisiertrommel und ungeöffnete Briefe, die ich auswendig lernte. Nie hatte sie aufgehört, Gershon Schwander zu lieben. Der Dichter Schwander wurde berühmt für seine Fensterscheiben in Montevideo, durch seine Fensterscheiben konnten Menschen einen Blick auf die Welt werfen. Komm her, Spaßvogel, ich zeig dir was.

An alle, schrieb der Koch aus Berlin, helft mir, meine Liebe zu finden. »Einhundert Mark Belohnung!« Seine Liebesbriefe waren jetzt, so kurz vor der Hochzeit, an ein Berliner Kanalkrankenhaus gerichtet, wo eine frische Generation von Ärzten ihr Bestes gab, die Hieroglyphen zu deuten. Der Krieg war zu einem mehr oder weniger erfolgreichen Abschluß gekommen, und die Seuche faßte wieder Fuß. Der Koch verstummte. Wortlos arbeitete er in einem anderen verruchten Restaurant in Berlin Steglitz, wo er andere Wirkstoffe für seinen Liebestrank entwendete. Nein, nickte er den ganzen Tag. Sein Delphin spielte ihm einen universellen Streich. Ich bin ein Mann, entschied er sich, bis ans Ende der Welt werde ich schwimmen. Schneller, Koch, schneller! riefen die rohen Kinder von den Ufern der Berliner Kanäle.

Wir treffen uns kaum, wir kennen uns selten, wir finden uns nie, schrieb der Koch. Gewiß war er da schon nicht mehr ganz richtig. Aus Treptow schrieb er: »Am ertà neken er-à-am, ám-k ertá tep-á ermen ám-a.« (So füge du mir kein Unrecht zu, mach du nicht, daß mein Kopf abfällt von mir.)

Zwanzig Jahre später brachte der unermüdliche Koch in Erfahrung, daß meine Tante jüngst einen Mann in Montevideo geheiratet hatte. Aus Spandau schrieb er an alle und jeden in dieser weiten, weiten Welt: »Jetzt ist es aber genug!«

Ich erinnere mich, hauchte Gershon Schwander an seinem Sterbetag. Es war spät in der Nacht in Montevideo oder war es in Berlin oder war es in Gleiwitz Gliwice, und die Spinette waren wieder einmal verstimmt, und seine Urgroßnichte Djuna erinnerte ihn so fürchterlich an Frenzi Vogel aus dem Land ohne Wiederkehr. Djuni Djuni, lispelte er mit gespitzten Lippen, komm zurück zu mir. Das junge Mädchen Djuna wischte sich die Lachtränen aus den Augen. Wir alle sprechen verschiedene Sprachen. Wie konnte es kommen, daß Mensch zu Mensch sich gesellte in der Welt, die wir kannten, bis sie einander nicht mehr verstanden, weil sie einander so ähnlich geworden waren? Traf der Mensch auf das Doppel eines anderen, stürzte es ihn in schwärzeste Verzweiflung.

In der Nacht, bevor sie Franziska Vogel das unsichtbare Element injizierten, träumte sie vom steinernen Meeresgrund, der sich ins Meer zurückverwandelt hatte. Miriam schwamm in kleinen Kreisen um sie herum, und ihre großen, dunklen Augenpaare trafen sich in einem langen, tropfnassen Blick.

Geliebt habe ich auch.

Die Große Sonne kam und verscheuchte die Seuche. Zu Liebe erstarrt, legte der gebeugte Koch letzte Hand an seinen Liebestrank, zu Zeit erstarrt. Die Seuche führte einen Namen, den ich nicht mehr finden kann in meinem Kopf. Der Koch legte letzte Hand an in Steglitz, wo Frenzi jeden Augenblick auftauchen würde, soviel stand fest. »Am-á as tá en hect ses à mu em àb ter hru pef setem-k ren-à.« (Ich habe gegessen, siehe, vom Brot der Sorge, ich habe getrunken vom Wasser des Leidens seit dem Tag, da du meinen Namen hörtest.) Der Koch verlor seine Arbeit in den verruchten Restaurants, als er Kräftig Durchgekochten Jesus mit Gedünstetem Lamm verwechselte. Sie führte den Namen Sübologie oder dergleichen, die Seuche, aber ich bin nun ebenso alt wie du vielleicht, und ein gnädiges Schicksal läßt mich

Namen nicht mehr finden in meinem Kopf. Komm her, Spaßvogel, sagte der Alte Mann vom Berg, ich zeig dir was.

Und er schnürte sein riesiges Netz auf und zeigte mir zwei verlorene Schmetterlinge in den letzten Zuckungen ihres Todes. »Können Tiere lügen?« fragte er mich.

Können Tiere lügen? Schau sie dir an, die kleinen Spaßmacher, sagte der Alte Mann vom Berg, und er war ein berühmter Schmetterlingsjäger mit zottigen Brauen und prähistorischen Elefantenohren und einem Gesicht, so lang wie ein russischer Roman. Und Schmetterlinge, Generationen von Schmetterlingen waren nach ihm benannt. Schau sie dir gut an, die kleinen Spaßmacher, schau, wie sie einander die letzten Zeichen geben, wie sie zucken und zappeln in ihren Pollen und in ihrer Pein. Wie wenig ich wußte, damals, wie wenig ich noch immer weiß am imaginären Ende aller Wege in die Vergangenheit, über das fleischfressende Herz, über seine Flüchtigkeiten, über die Liebe.

Hier schrieb einer, der geliebt hat und der sagt: Wie schwarz der Himmel war! Wie unsichtbar die Luft! Wie tief der Fluß! Wie kühn die Krankenschwester! Wie nicht ganz richtig der Koch!

Höre mich, wer immer du bist, wo immer du geboren werden wirst, wann immer du dies liest: Warte!

Koch, der du nicht ganz richtig warst, warte.

Ihr habt das Letzte nicht gesehen.

Die Traumdeuterin

Alle Frauen in der Familie starben früh. Mutter, Großmütter, ein paar Tanten und die Schwestern. Auch die uns heirateten: starben früh. Schwägerin Leonie wurde geholt von der Tuberkel, Schwägerin Rachel vom Fleckfieber. Hilli, die meine, verließ nachts das Haus, um Schlittschuh zu laufen, brach ein und ertrank. Sie war fünfundzwanzig, als ihr das geschah. Theo, unser Ältester, verlor seine Gisa bereits während der Hochzeitsreise, an eine italienische Krankheit, Sally, der Jüngste, seine Ingeborg wiederum an die Tuberkel. Der Mittlere, Jockel, blieb lange Zeit frauenlos, so daß wir uns schon sorgten, er habe vielleicht keinen Hang zum weiblichen Geschlecht. Bis Mali des Weges kam am Tag, als wir die Birnen pflückten. Mali Mushkin war allein auf der Welt. Eltern tot, gemeinsam vom Blitz erschlagen in Kiew, der Bruder Meyer Mushkin auf und davon nach Amerika. Mali kletterte über unseren weißen Zaun in der Meisenstraße und verschlang so viele Birnen, wie in sie hineingingen. Sie schlief unter dem Birnbaum, als wir sie fanden, und der Wind fuhr bauschend in ihre blaurot, blauschwarzrot gestreiften Röcke. Sie trug die Röcke übereinander nach Art der Zigeunermädchen, war aber nicht von diesem Stamm, sondern von dem unseren. Sally wusch Mali Gesicht und Hals und führte sie hinauf in die Mansarde, wo seine Frau starb. Vielleicht war Malis schmutzstarrende kräftige Hand das letzte, was sie im Diesseits sah. Sally glaubte an »Das Schicksal«. Er glaubte, die Hand einer Ukrainerin, deren Eltern gemeinsam vom Blitz erschlagen worden waren, besitze heilende Kräfte. Theo hatte die italienische Krankheit wahllos wüten und Gisa im Nu dahinraffen sehen und glaubte seitdem inbrünstig an das ewige Nu. Er und Sally begannen einen heftigen Disput, indes Mali die dahinsiechende Ingeborg, die nurmehr schwach hüstelnd protestieren konnte, von ihren Ohrringen und goldenen Haarspangen befreite. Das alles war geschehen, als Jockel die Mansarde betrat und Mali erblickte und zu ihr sagte:

»Dich liebe ich.«

Theo und Sally unterbrachen ihren Disput und klopften ihm auf die Schulter.

»Schicksal«, sagte Sally.

»Ewiges Nu«, sagte Theo.

Jockel und Mali heirateten nach Tradition der Familie in unserem Garten. Es war die erste Hochzeit, die winters ausgerichtet wurde. Hinter dem Rücken des Rabbiners buken die Nachbarskinder Schneebälle. Nachdem der Rabbiner ein paar an die Rübe bekommen hatte, duckte er sich, so daß der nächste Mali ins Gesicht traf. Sie spuckte Schnee. Es wurde sehr still. Beim Hochzeitsmahl sagte sie leise zu mir: »Als ich ein kleines Mädchen war, hatte meine Mutter einen Traum. Sie träumte, daß der Zar mich faltete und siegelte und als Brief nach Deutschland schickte.«

Amelia Leiser, geborene Muschnik, von Jockel Mali genannt, wohingegen Mali Jockel Jakob nannte, war den Vollmilchbädern, die sie bei Kerzenschein in der Badestube zelebrierte, als eine Schönheit von Sagenhaftigkeit entstiegen, Helena und orientalischer Prinz in einer Gestalt. Sie wuchs sich aus und überragte uns bald um ein halbes Haupt. Sally sammelte ihre langen schwarzen Wimpern, wo immer er eine fand, und bewahrte sie in einem Couvert auf, für Wünsche an die Zukunft. Theo zeigte ihr die tiefsten und die schwärzesten Frühlingspfützen, denn sie starrte gern in Pfützen. Auf unser Anraten schwängerte Jockel sie rasch, damit etwas bliebe von ihr nach ihrem Tod. Schon ertappte ich mich dabei, wie ich meine Schwiegertochter auswendig lernte, ihr dunkles Fuchsgesicht, ihre hellbraunen großen Füße, ihr trauriges Lachen in der Nacht. Wenn wir alle schliefen, begann Mali zu lachen, und keiner wußte, warum. Das blieb immer so.

Ist es wahr, daß der Kaiser in einer offenen Kutsche durch die Meisenstraße fuhr in der Minute, als Jockels und Malis Sohn Benjamin geboren wurde? Das werde ich oft gefragt von den anderen Idioten hier. Ja, es ist wahr. Der Kaiser befand sich auf dem Weg zu einem Stelldichein im Grunewald und trug eine blondgezopfte Frauenperücke zur Tarnung, als er Benjamins ersten Gluckser hörte. Kein Kind in der Familie hat je so schmerzlos, beinahe schwerelos das Licht der Welt erblickt. Als Benjamin aus Malis Schoß sprang, trug er in Herzhöhe noch das leuchtende Zeichen, das wir alle im Mutterleib tragen und das bei unserer Geburt erlischt, wie das Buch der Zeichen lehrt. Theo stand zufällig am Fenster und sah den Kaiser erschrecken und die Hände vor dem Gesicht zusammenschlagen.

Im Alter von vierzehn Jahren verließ mein Enkel Yehuda Leiser unser Anwesen in Hargensee, um zur See zu fahren. Er kam bis Hof an der Saale, wo er später eine Schickse namens Ingelore Weisheit heiratete und, dem Vernehmen nach, sehr unglücklich wurde. Aber er hat noch viele Leben vor sich, glaubt mir. (Bei Ingelore Weisheit bin ich mir nicht so sicher.) Im Schlaf träumte ich, daß Enkel Yehuda alt war und sein leuchtendes Zeichen einem Mädchen aus fernem Land den Weg zu ihm wies. Mali lachte in meinen Traum hinein, und Gott malte dem Mädchen Augen mit langen schwarzen Wimpern und Sommersprossen auf Nase und Wangen und ließ es Weintrauben futtern.

»Letitia Weintraub«, deutete Mali mein Geträumsel. »Die letzte Liebe meines Sohnes, wenn ich längst hin sein werde.« Doch Mali wollte und wollte nicht sterben. Lief nachts Schlittschuh wie weiland meine Hilli und ertrank nicht. Fuhr mit Jockel nach Italien und kehrte putzmunter zurück. Hatte noch nie von der Tuberkel gehört und die Tuberkel nicht von ihr. Uns Männern wurde allmählich unbehaglich ob dieser Standhaftigkeit, ja Widerborstigkeit gegen die Tradition der Familie. Zwischen Sally und Theo entflammte der alte Disput.

»Schicksal«, sagte Sally, als nenne er den Namen einer soliden Nähmaschine.

»Ewiges Nu«, sagte Theo, »nur das Nu ist ewig und also auch unsterblich.«

»Meine Frau ist kein Nu«, gab Jockel zu bedenken. Aber es war ihm längst gleichgültig, wer oder was Mali war. Er hatte sich bei Yehudas Geburt in die nutzlos herumstehende Hebamme verliebt und sie, kaum daß unser Dienstmädchen vom eigenen Vater wegen einer Lappalie erschlagen worden war, als neues in Lohn und Brot (und mehr) genommen. Mali lachte in der Nacht, wenn Jockel und die ehemalige Hebamme von der Zukunft der freien Liebe träumten, einer Schimäre, die in Jockels Literatenkreisen damals im Aufkommen war, Hand in Hand mit dem Weltkältetod des Herzens genannt »Psychologie«.

Bis in meine Träume von Mali hörte ich Mali traurig lachen. Noch einmal jung sein (träumte ich) mit meiner Schwiegertochter Mali Leiser Mushkin. Jung sein. Jung und allwissend. Denn nur, als ich jung war, wußte ich alles. Später weiß kein Mensch irgend etwas, obgleich jeder den Anschein erwecken muß, er wüßte und wüßte. Als ich jung war, wußte ich, warum alle Schnecken aus ihren Häusern schauten und matt glänzten im Gras nach dem letzten Spätsommerregen, und ich wußte, warum die Laubfrösche in die grünen Weiher sprangen, und ich wußte, warum meine Hand nicht auf den Namen ›Hand‹ hören wollte und mein Mund nicht auf den Namen »Mund« und mein Kopf nicht auf den Namen »Kopf«.

Ich träumte, daß Malis Wimpern als schwarze Fragezeichen am Himmel zogen, in Paaren wie Schwalben, zurück in meine Jugend.

Liebte ich Mali?

Ja, ihr Idioten.

Sally pustete Malis Wimpern, die er im Laufe der Jahre gesammelt hatte, alle auf einmal von seiner Handfläche. Kurz darauf erfand er tatsächlich eine Schraube für Schiffe, die tauchen sollten. Sie brachte uns riesig Reichtum. Wir kauften ein Anwesen mit Park und Gewächshäusern in Hargensee. Jockels Dienstmädchen überlebte den Umzug nicht (Leitersturz, Genickbruch). Jockel und Mali liebten einander aufs Neue.

Yehuda war fünf Jahre alt und wußte, daß Birnbäume Mütter traurig machen. Seine Mutter verpflanzte das Exemplar, unter dem wir sie Birnen futternd gefunden hatten, nach Hargensee, wo er verkrüppelte und keine Früchte tragen wollte. Sally, Theo und ich, die wir jeder heimlich die Hoffnung genährt hatten, dem Dienstmädchen möge ewiges Leben beschieden sein, damit einer von uns Mali trösten dürfte, mußten herausfinden, daß Mali untröstbar war. Sie lebte in ihrer eigenen Welt, sommers knabberte sie an Tannzapfen und Erdklumpen, winters fraß sie Schnee. Manchmal morgens neigte sie ihren prinzlichen Schwarzschopf zu uns herunter und erkundigte sich nach Inhalt und Ausdruckswert unserer Nachtmahre.

Im ersten Schlaf hörte ich sie zehn Zimmer weiter leise lachen und schreckte auf, um hernach von ihren in Vollmilch gebadeten Brüsten zu träumen, die mich zurückschaukelten in meine Jugend, wo am Himmel die Wolken weiblich gerundet dahinzogen, unerreichbar für mein altes gravitierendes Geschlecht, welche Pein. Gewiß, ich erwähnte solcherlei Heimsuchungen des Morpheus mit keinem Sterbenswörtlein, doch sie wußte es, sie wußte es.

Und ganz allmählich begann Jockel in der Nacht zu lachen wie sie.

Wir stellten ihn zur Rede.

Wir sagten: Wir fühlen uns unbehaglich und wie Gespenster in unserem Zusammensein hier in Hargensee und wissen nicht mehr genau, wer wir sind. Immer sind wir Überlebende gewesen, Überlebenskünstler, sagten wir, und nun befürchten wir, daß Mali uns alle überleben wird, uns Männer. Wir bekamen Angst vor ihr.

»Ich bin kein Mann«, sagte Jockel da. »Sie glaubt, ich sei eine Frau. Kürzlich träumte ich vom Meer, das mich, wie ihr wißt, ängstigt. Ich träumte, ich schwömme friedlich im Meer, und ich war ein ganz besonders freier, kleiner Fisch. Ich wachte auf, weil sie lachte. Es ist euch bestimmt nicht entgangen, daß Mali manchmal lacht, wenn die Nacht am allerlängsten ist. Ich erzählte ihr meinen Traum, und sie deutete ihn auf die fürchterlichste Weise. Sie sagte: Du willst kein Mann sein, sondern eine Frau unter Frauen. Jedermann will das, aber später vergißt es jedermann. Nur als Knabe weiß er um dieses erhabene Ziel. Muß ich sie nun verehren oder verhauen? Was soll ich tun, Sally? Was soll ich tun, Theo? Was soll ich tun, Vater?«

Das grindig pigmentierte, warzige Dienstmädchen, das wir eingestellt hatten, um Jockels und Malis wiedergefundenes Glück keiner neuerlichen Erschütterung auszusetzen, wurde entlassen, und heimlich brachten wir ein neues ins Haus, das wir als nutzlose, gleich neben der Lampe im Salon herumstehende Hebamme verkleideten. Wieder kam Jockel herein und sagte: »Dich liebe ich.«

Sally und Theo klopften ihm anerkennend auf die Schulter.

»Schicksal«, sagte Sally.

»Ewiges Nu«, sagte Theo.

Wir zahlten dem ums Haus schleichenden Rabbiner von Hargensee ein großes Geld, daß er schweige und Yehuda erziehe, und jagten Mali hinaus in den Winter. Sie lebte schon viel zu lange.

Ist es wahr, daß unser Führer Mali als persönliche Sternenguckerin und Ratgeberin in horoskopischen Fragen bestellte, obwohl sie doch unserem Stamm angehört? Das werde ich oft gefragt von den anderen Idioten hier. Ja, es ist wahr. Aber dies geschah viel später, vor kurzem erst, und sie ist schon wieder entlassen, wie man hört. Selbst unser Führer, der auch in Fragen des Humors durchaus nicht unführend ist, konnte es kaum mehr ertragen, seine geheimsten Träume von Amelia Mushkin traurig verlachen und düster deuten zu lassen.

Mali hatte also überlebt. Insgeheim war ich froh. Nachdem sich meine anfängliche Gemütserregung gelegt hatte, war ich zu dem Schluß gekommen, daß es genug tote Frauen in der Familie gab. (Vergeßt nicht: Ich liebte meine Schwiegertochter). Auch

Sally und Theo waren insgeheim froh, als wir wenige Monate nach ihrer Vertreibung in den Winter Kunde aus Berlin erhielten, daß Mali aufgegriffen und in ein Lichterfelder Maison de Santé eingeliefert worden war, nachdem sie ein Straußenei aus dem Zoo verschleppt hatte, das sie Yehuda nannte. Erleichtert unterzeichneten wir ein Formular, das sie für unmündig erklärte und ihr die bürgerlichen Ehrenrechte absprach. Urgroßmutter Gertrude war Ähnliches widerfahren, ebenfalls recht früh in ihrem Leben. Hilli, die meine, wäre mit Gewißheit entmündigt worden, hätte sie ihr exzentrisches nächtliches Schlittschuhfahren überlebt.

Jockel gab sich zu dieser Zeit mit seinem Dienstmädchen, welches weiterhin tapfer die Tracht der Hebamme trug, ungehemmt einem neu in ihm erwachten Reisefieber hin, befeuert durch die nicht enden wollende Lektüre von Coleridges »Ancient Mariner«. Postkarten aus den Schweizer Alpen und Polynesien erreichten uns in Hargensee. Dann an Weihnachten die betrübliche Nachricht vom Dahinscheiden des Dienstmädchens in Deutsch-Ostafrika. Schlafkrankheit, hervorgerufen durch die Tse-Tse-Fliege. Jockel reiste vereinsamt weiter.

Inzwischen war Mali die Flucht gelungen. Ein Wärter erbarmte sich ihrer, schnürte die Jacke auf, setzte sie in die Stadtbahn, mit der Mali bis zum Alexanderplatz fuhr. Dort suchte sie Yehuda auf dem Kinderdemutsmarkt, wo er nicht zu finden war, weil er beim Rabbi singend die Küchenfliesen scheuerte. Dann verlor sich (aber nicht für immer) ihre Spur. Sallys Erfindung einer Camera Obscura für Aufnahmen unter Wasser fiel in diese Zeit. Sally wollte der Welt die Fischphotographie schenken, zum Gedenken an Mali, die in ihm eine Sintflut schicksalhafter Ingeniosität losgebrochen hatte. »Nein, es war nicht Mali, es war das Nu«, beharrte Theo, wenn er von seinem Tagewerk nach Hargensee zurückkehrte. »Mali hat nichts weiter getan als Birnen zu essen von unserem Baum, ohne sich zu verschlucken und zu ersticken.« Daraufhin brachen beide in Tränen aus.

Meine Söhne wußten nicht, was ich besaß. Und nie habe ich es ihnen offenbart.

Ich besaß eine Wimper, die von Amelia Mushkins Auge gefallen war, als sie unter dem Birnbaum schlief. Eine kleine schwarze Schwinge. Das einzige Fragezeichen, das mir das Leben schenkte.

Kennt ihr die Dynamik der Gewissensbisse? Wenn ihr von unserem Stamm seid, werdet ihr verstehen, denn unser Stamm hat den Gewissensbiß erfunden. Wenn nicht, so glaubt mir: Es ist Hochmut, das Irreparable reparieren zu wollen. Wir suchten nun alle verzweifelt nach Mali, denn sie ging uns doch sehr ab. Wir nutzten Geld und Einfluß, den uns Sallys Erfindungen verschafft hatten, um bei den herrschenden Behörden Kunde über die Entmündigte einzuholen, doch es kam keine Kunde. Jeder Atemzug hat seine Konsequenz, nichts auf dieser Erde ist wiedergutzumachen, das habe ich gelernt. Die anderen Idioten sagen, wir werden bald reisen, in den Osten, zu neu errichteten Korbflechtewerkstätten eigens für uns. Es wird die erste Reise sein, die ich unternehme. Obschon alt und grau, treibe ich mich zur Vorfreude an. Jockel ist immerhin bis zu den Inseln hinter dem Wind gelangt. Zwei Jahre später erreichte uns seine Epistel von dort, eine merkwürdige Komposition aus Kußmündern auf blauem Papier. Andere Länder, andere Sitten, sagten wir uns.

Getrieben von einer nie gekannten Sehnsucht nach Mali, dem

menschgewordenen Gewissensbiß, ließen Sally und Theo ein Plakat drucken und stadtweit an Litfaßsäulen und Häuserwände kleben.

BELOHNUNG! 1000 REICHSMARK.

Gesucht wird Amelia Leiser geb. Mushkin, zuletzt gesehen am Alexanderplatz. Die Gesuchte ist entmündigt, hält sich vorzugsweise unter Birnbäumen auf und badet in Vollmilch. Bitte melden bei:

Salomon Leiser, Theodor Leiser, Yehuda Leiser

Yehuda, der unter der Bettdecke im Hause des Rabbis verbotene Seefahrerromane las, wußte nichts von diesem Plakat. Er hat seine Mutter nie wiedergesehen. Heute ist er selbst verschwunden.

Das Volk folgte dem Aufruf massenweise, denn es herrschte Geldknappheit. Horden heimlichtuender Möchtewisser fielen in Hargensee ein. Aber auch Waggonladungen voller Möchte-Malis, verwirrte junge Frauen, die eingeweckte Birnen mitbrachten und sich Vollmilch aus Krügen über den Kopf gossen vor unseren Fenstern. (Unter ihnen fand Theo seine zweite Frau, das Goshi, das sich, zwei Jahre bevor Theo und Sally im Ersten Weltkrieg fielen, erhängte.) Nicht zu vergessen die Unterweltler, die Mali angeblich gefangenhielten und die Summe in erpresserischer Absicht auf zweitausend Reichsmark hochforderten. Nicht zu vergessen die Gedankenleser und Hypnotiseure und Wahrsagerinnen und »Psychologen«, die ihre Zelte in unserem Park aufschlugen, bis wir sie durch die örtliche Gendarmerie fortschaffen ließen.

Einzig das Grauen liefert uns eine genaue Vorhersage der Zukunft.

Wir begannen um Mali zu trauern wie um die anderen toten Frauen der Familie. Auf diese Weise verlor sie ihre Macht über uns in jenen Tagen. Wir begannen Mali Mushkin zu vergessen. Wenn ich aber vergesse, bin ich bei denen, die noch nicht gezeugt und noch nicht geboren sind, also ein Nichts.

Jockel hatte nicht vergessen. Er war der Scheue, der Heimliche geworden. Stahl sich auf Passagierschiffe unter vielen falschen Namen, las den »Ancient Mariner« und hatte keine Gestalt mehr, von der bezahlte Zeugen mir sagen konnten: Ja, der Mann, den ich auf der Passage von Ceylon nach Haiti traf, ist ohne Zweifel dein Sohn Jakob gewesen. Es gibt allerdings einen Zeugen, der Jockel wiedererkannt hat und dem ich glaube. Es ist einer der Idioten, den man mit mir in dieses Volksgesundheitsheim eingewiesen hat. Er kann sich weder an den Namen des Schiffes erinnern noch an das Ziel der Reise. Nur an den Menschen, der ihm einen Traum erzählte. Der Mensch habe geträumt, er sei ein besonders kleiner, freier, friedlicher Fisch im Meer. Kaum hatte er dem Idioten seinen Traum erzählt, schlenderte der Mensch zur Reling, über die er sich so lange und so tief beugte, bis daß er über Bord fiel und im Atlantischen Ozean ertrank.

Ich habe keinen Zweifel, daß es Jockel war. Denn bevor er den eilig ins Meer geworfenen Rettungsring beiseite stieß und zu den Fischen hinabtauchte, rief er einem der Fische schon zu: »Dich liebe ich.«

Ich bin allein auf der Welt.

Ich will euch allen sagen, daß mein Sohn Jockel Frauenkleider trug, als er ins Meer sprang, und auch sein Unterleib war nicht mehr derselbe.

Er ging zu den Fischen am 28. Juni 1914.

The many men, so beautiful!
And they all dead did lie;
And a thousand thousand slimy things
Lived on; and so did I.

Samuel Taylor Coleridge, »The Ancient Mariner«

Falls ich dich vergesse

ENTWEDER ODER Hier ist das Bild, das du lebenslänglich gesucht hast: ihre zwölfjährigen Hände im Sonnenlicht wie zwei Echsen auf gelbem, liniertem Papier, ihre Handschrift unmöglich zu entziffern, Echsenspuren, die Schatten von siebenhunderttausend Wörtern auf gelbem, liniertem Papier vorauswerfend, ein Stilleben.

Und ein Menschenschatten ragt ins Bild, er gehört Djuni, deiner besten Freundin. Die trank Limonade, aß schwarze Kirschen, freute sich des Lebens, die Arme. Ein Photo, das Djuni später zeigt, hast du nie gefunden, gibt es nicht. Sie war deine Pfadfinderfreundin, die so viele kleine Künste beherrschte, Knoten knüpfen, Kirschkerne in den Himmel spucken, Steine sprechen lassen, deine Freundin aus dem Märchen.

Mit zwölf wolltest du nicht mehr du sein, also ein Ich sein, du wolltest sie sein.

Ein Abschied für immer. Alles andere tat nicht weh genug.

Ich ich ich, wie sterbenslangweilig … deine Worte, mit zwölf, mit Djuni.

Ihr sitzt unter einem Eukalyptusbaum im Park am Meer, es ist, ein Wort aus deinem ersten Märchen, die Dunkelstunde. Familien strampeln in Tretbooten unter Lampions im Kreis des künstlichen Kanals. Sie haben fünf Pesos bezahlt. Sie lachen. Sie glauben zu wissen, warum das Leben schön sei. Sie werden Fainá essen, Pizza, Bonbón Chocolate, Pistazieneis in der *vaso infantil*. Du sagst zu Djuni:

»Ich lieb dich, ich will, daß wir immer zusammenbleiben, ich werd verrückt, wenn wir getrennt sind, ich will nicht, daß du fortgehst, ich will hier mit dir sein und dich anschauen, du bist so schön, ich wünschte, du würdest nicht fortgehen, ich möcht dir so viel sagen, ich werd's dir später sagen, nur bitte verlaß mich nicht.«

Sie antwortet erlöst:

»Ach, du meinst, es ist wie im Märchen. Als lebten wir in einem Märchen, und da gibt's ein verbotenes Wort, und wenn wir's aussprechen, werden wir entweder sterben oder zusammen im Paradies sein.«

Du erkennst deine Chance.

Nie wieder leiden unter Mama und den Sternen und nicht wissen, warum, wie ein Tier.

Du sagst das verbotene Wort »Ich« und schreibst es auch gleich nieder, mit Bleistift, Kugelschreiber und auf der Schreibmaschine deines Vaters.

Fortan denkst und schreibst du von dir in der dritten Person.

Sie, kein anderer als sie in Montevideo hatte entdeckt, daß versteckt hinter Büschen des Inselchens im künstlichen Kanal des Parque Rodó Statuen schwarzer Trommler standen, ausrangierte Geisterbahnfiguren.

Sie schreibt das Märchen DIE INSEL DER GLÜCKLICHEN MOHREN. Die dort Tretboot gefahren waren, mochten nicht gewußt haben, warum und ob überhaupt das Leben schön gewesen sei, doch wer DIE INSEL DER GLÜCKLICHEN MOHREN liest, veröffentlicht in der Schülerzeitung des Instituto Crandon, weiß es.

Weltweit trieb deine Biographin Maryse Vincent vier Ehemalige des Instituto Crandon auf, denen die Lektüre im Gedächtnis geblieben ist. Maryse Vincent zitiert einen, der sich an Details erinnert: »Niemand war besonders glücklich auf dieser Insel. Die Mohren waren verhexte Affen, die keine Lust mehr hatten, Menschen zu sein. Die Bäume neigten zur Selbstverstümmelung, und die Steine litten stumm.«

Einfälle wie ein altes Haus, sagte damals ihre ratlose Mutter, die verwandelt wurde in MAMITA in der von ›El País‹ preisgekrönten Kurzgeschichte ÜBERDOSIS MAMITA. Der diabolische Haß der Mutter auf Kaugummi zieht sich durch das Frühwerk der Dichterin.

Die Verschleierungseule Maryse Vincent formuliert: »Wir wissen wenig. Die Dichterin erschien dem staunenden Publikum buchstäblich aus dem Nichts und äußerte sich nie über Nebensächlichkeiten wie Eltern oder Kindheit.«

Aus dem Nichts? Setzen wir noch eins drauf, eine sogenannte wahre Begebenheit. Kein biographisches Handwerk, sondern nur Liebe, die Erinnerung ist, vermag sie festzuhalten.

Mit zehn, anstatt dir deutsche Teddybären und nordamerikanisches Kaugummi zu wünschen wie die anderen Mädchen, befahlst du deinem Vater, einen Traum von dir zu haben, noch in derselben Nacht, nein, sofort. Er mußte sich am hellichten Tag hinlegen und laut träumen, was du ihm vorsprachst:

»Träum, daß ich im Schlaf wandle. Ich wandle und wandle bis aufs Dach. Ich glaub, ich kann fliegen, und springe lachend vom Dach. Wach jetzt auf, Papa, und hab Angst um mich.«

Dein Vater spricht dir diese Sätze mit geschlossenen Augen nach. Ihn trifft ein Fluch, der tödlich ist: dritte Person Singular, der erfundene Traum, der erfundene Vater.

Du warst ein Mensch, den nur das Wort berührte.

BWV 54 Sie wollte nicht die alten Fehler wiederholen, sondern neue machen, das hielt sie für die Kunst schlechthin.

Mit fünfzehn folgte sie Mamita und dem erfundenen Vater nach Paris und beschloß, nie wieder in ihrem Leben eine Zeile zu lesen, ausgenommen denen, die sie pausenlos selbst zu Papier brachte. Glaubt man Maryse Vincent, bist du von diesem Grundsatz nicht abgewichen.

Auch die Lektüre zuvor war spärlich gewesen. Das Lexikon der Fabeltiere, das Große Bildwörterbuch der Griechischen Mythologie, Lautréamonts Gedichte, Jo Imogs ›Wurliblume‹, Häppchen der Bibel sowie ungezählte Micky-Maus-Hefte in den drei Sprachen, mit denen sie aufwuchs, Spanisch, Englisch und Deutsch. In Paris beginnt sie augenblicklich, Französisch zu schreiben, und hört nie wieder auf.

Während Mamita einen Film über Guevara Serna alias Che mit dem damals noch wenig bekannten Ringold Schneider in der Titelrolle dreht, entläßt du dich aus dem Lycée St. Louis und schreibst zwei Romane für den Mann aus Hopping Gulch, Oregon, LA NEIGE EST TOMBÉE und ON RIT, ON BOIT. Ringold Schneiders blendend blonde Haare haben es der rabenschwarzlockigen Dichterin angetan, in den zwölf Romanen, die vor dem Meisterinnenwerk LE ROMAN VRAI DES OISEAUX noch entstehen sollen, wird die Menschheit goldener und goldener, um schließlich in letztgenanntem Werk der kollektiven Manie des Schwarzfärbens zu verfallen bis zum berühmten Springen der brennenden grauhaarigen Kinder aus hohen Fenstern.

Maryse Vincent, die dir zwei Jahre später über den Weg läuft und noch nicht einmal eine Kurzgeschichte wert ist, greift tief in die Grütze, die voriges Jahrhundert das Etikett »Psychologie«

trug, und schreibt, die Begegnung mit Ringold Schneider habe dein Liebesleben »traumatisiert«. Nicht in tausend Jahren, selbst wenn du ein Liebesleben gehabt hättest damals.

Das Blond seiner Haare war steigerungsbedürftig, schrieb die Dichterin in LA NEIGE EST TOMBÉE, nicht mehr Platin, sondern schon Plutonium.

The way you look tonight: Du sitzt in deinem winzigen Eckzimmer in der Wohnung Denfert Rocherau auf dem Bett. Du trägst eine Ledermütze, schwarz, einen kaffeefleckigen, weißen, langen Pullover. Du verdrehst deine dunklen Augen, schluckst rhythmisch und hältst den gelben, linierten Block hoch wie eine Gesetzestafel und kritzelst, kritzelst, streichst kein Wort durch, im Gegenteil, für jede Passage, die deinen Händen mißlungen erscheint, kritzeln sie drei, vier, fünf neue, übergangslos, du suchst deine allereigensten Fehler, DER SCHNEE IST GEFALLEN, und deine Spuren sind die ersten. Spuren deiner Hände, als Kind liefst du auf Händen die Rambla entlang, von Pocitos bis zum Museo Oceanográfico, immer, wenn dein fiktiver Vater in dein Zimmer schaute, waren deine Hände auf wunderbare Weise ein Stück gewachsen.

Stimmt das?

In Roman Nummer neun, ÇA PEUT ALLER, läßt sie ihn diese Beobachtung jedenfalls machen, in einem Nebensatz, nebenbei; also, soweit kennen wir ihre Methode, ist das Wachsen der Hände in der dritten Person Singular von großer Bedeutung.

Ringold Schneider bläst eine Plutoniumlocke aus seiner Stirn, Mamita, die ihre Schauspieler diabolisch haßt, hat abgedreht, er bläst Mamitas Tochter einen Kuß über die Handfläche bei der wrap-up party im ›Sélect‹.

Der Beschluß der Dichterin, fortan, auf immer und ewig,

ausschließlich Bach-Kantaten zu hören, den sie durchhalten und nie bereuen wird, ist gefällt, als sie eines Abends sieht, wie Ringold nach dem Dreh seine dunkle Che-Guevara-Perücke abnimmt und angeekelt in eine Ecke wirft. Tag und Nacht hört sie nun BWV 54, Widerstehe doch der Sünde, herzzerreißender Kontratenor, damals liebte sie besonders das Rezitativ:

Die Art verruchter Sünden
Ist zwar von außen wunderschön,
Allein man muß
Hernach mit Kummer und Verdruß
Viel Ungemach empfinden.
Von außen ist sie Gold;
Doch will man weiter gehn,
So zeigt sich nur ein leerer Schatten
Und übertünchtes Grab.

Weitergehn, inspiriert von Bachs kategorischer Weigerung, ein teuflisches Geplärre zu erzeugen mittels schwindsüchtiger Goldtöne, Tod dem Chopin, Tod dem Stil, dem übertünchten Grab oder, wie Paris Sam lange vor ihrer Zeit gesagt hatte: der gutgebundenen Krawatte um den krebszerfressenen Hals.

Ihre Hände taten ihr nicht mehr weh genug, schrieb sie mit sechzehn, nach drei Romanen, die kein Mensch je zu Gesicht bekam, damals.

DAS ALTE LIED Das Aufkommen eines neuen, weichen Marxismus in den Casinos an jeder Straßenecke half nur ein paar Monate. Sie entschied sich für das Mittelalter und litt wie in ihrer Kindheit, unter den Sternen, nicht wissend, warum, wie ein Tier. Mamita inszenierte »Alice im Wunderland« in Philadelphia als Drei-Manegen-Zirkus, und von dort kam die Kunde, daß Lewis Carrolls poetischer Titel im selben Jahr veröffentlicht worden war wie das Kommunistische Manifest. So überwand sie die Moderne und andere Wahrheitsspiele, früher auch Ideologien genannt, mit denen geringere Künstler und Künstlerinnen Dekaden ihres Lebens verplemperten.

Die kurze Wiederbelebung von Mutterhaß und erfundenem Vater in dem Roman RIEN À CÉLÉBRER brachte kleine Schreibkrämpfe, nicht aber die ersehnte Herzensfolter.

Was blieb? Drogen kosteten im Endeffekt zu viel Zeit und waren als Leidensmuster zu altertümlich, zu heimelig. Gott, männlich und persönlich, war sie sich selbst genug, sie konnte von Sonnenaufgang bis Sonnenuntergang mit Leichtigkeit zwanzig, dreißig Menschen aus ihrer Phantasie senkrecht in die Welt setzen, miteinander kreuzen und die Nachkommen am zweiten Tag den ganzen komischen Akt wiederholen lassen.

Also erste Liebe (das alte Lied).

Das Schicksal, oder »Schnicksal«, wie du gerne schreibst, trifft eine deiner Romanfiguren, Vera Raffael, die gute liebevolle Mutter aus der Zukunftsplotte MANQUE D'EAU. Dein technisch meisterlich aufgebauter Lebensroman, den du dir vorgenommen hast zu erleben, erreicht einen Höhepunkt. Vorausgeträumt wurde eine blonde, überweibliche Burgfrau, an deren vielfach geflochtenen Zöpfen du knabenhaftes, dunkles Ritterlein dich emporhangeln kannst bis zur höchsten Zinne. Im sogenannten wirklichen Leben heißt sie Denise, ist Wissenschaftlerin, kann ihr Glück nicht fassen (du bist siebzehn und übst dein traurigstes Gesicht), läßt sich für dich die mausigen Haare blond färben. Von Anfang an sinnst du auf Romantik und Legende und Abschied, Sturz der Denise von der höchsten Zinne, nicht enden wollende Klagelieder im weiten Rund deiner Romanwelt.

Deine Biographin, die törichte Maryse Vincent, fabuliert: »Die Liebenden zog es nach Spanien, in die Mancha, wo sie bei den Windmühlen von Consuegera unbeschwerte Wochen verlebten.«

Nein. Vera-Denise kommt dir zu nah, nimmt deine Liebesschwüre ernst, weiß nicht, daß andere Worte auf dich warten, von denen du berührt werden willst.

Dein Klagelied beginnt. Es hat eine eigene Tonart, die nicht verändert wird. Nach jeder getöteten Liebe ist es zu hören, nur darin bist du treu. Man denkt an die Arie aus dem Figaro: »Dies wird sie schon verstehn!«

MEISTERIN Sie ist jetzt soweit, daß sie für ein Komma sterben würde. Zwanzig Jahre alt, immer weitergegangen, zwölf Romane geschrieben, keinen Gedanken daran verschwendet, auch nur einen vom gelb linierten Papier abzutippen zwecks möglicher Veröffentlichung.

Ihre Sätze werden länger, weil sie Kommata liebt. Ein Satz von vierzig und mehr Seiten, Handschrift wie winzige Echsenspuren, sie hat den Überblick über ihr Personal verloren (später wird man ihr eine »namenlos substantielle Phantasie« bescheinigen, die »größte, substantiellste Phantasie seit Shakespeare« in der Quizshow »Wer war's?«), die Tonarten der Klagelieder beginnen einander zu überlagern bei den Frauen, und Männer sind ihr derart gespenstisch, daß sie ihnen Namen nicht mehr gibt, sondern sie numeriert, aber ob Mann Nummer vierundachtzig oder einhundertsiebzehn, es ist stets dasselbe Gespenst, der erfundene Vater, mal Herrscher der Erde, mal Herrentoilettenbetreuer. Beide durchleben, wie die anderen paar tausend Nummern auch, gegen Ende jedes Romans den Traum, daß die Frauen von den Dächern fliegen, wach jetzt auf Komma Papa Komma und hab Angst um mich Komma weil ich gar nicht fliegen kann Komma kann nur spazierengehen Komma schau Komma die Spuren meiner Hände Punkt.

Über die zwölf Romane vor dem Meisterinnenwerk der siebenhunderttausend Wörter, LE ROMAN VRAI DES OISEAUX, schreibt die unermüdliche Maryse Vincent, ohne je von dir in die Literatur gewuchtet worden zu sein: »Sie ist die Dichterin der Liebe und besingt das weibliche Jahrtausend, indem sie das Zeitlupenhafte, Echsenhafte jener sapphischen Sexualität sichtbar macht, die keine blinde Vorwärtsmechanik braucht und keine Bindung an die angeblich universell verständliche männliche Metaphysik, die nur aus Stilübungen besteht und hier endgültig ausgespielt hat.«

Mit jeder Geliebten suchst du den Abschied von der Historie, aber den suchen wir seit Menschengedenken, ohne Erfolg.

Eine Namenlose sagt nein. Sie will dich nicht.

Du schreibst ihr Briefe, schwer wie Bibeln, kaufst ihr Ringe und Ketten und eine Wohnung in der Rue Cassini von den Schecks, die je nach Mamitas Gemütslage kommen oder ausbleiben.

Die Namenlose heiratet einen Mann.

Du spielst mit Mordgedanken, Massenmordgedanken (wie typisch), Abwurf einer Bombe auf die Kirche während der Zeremonie. Beginnst einen Roman, der mit diesem Massenmord gleich neben dem Friedhof einsetzt, brichst ihn nach zwei Sätzen (sechzig Seiten) ab.

Das Publikum, schrieb sie und meinte den Chor der Verlassenen und noch zu Verlassenden, wird bald verschwinden, die Kunst wird ihm auf dem Fuße folgen.

Vage sexuelle Erregung, nach großen Anfängen mit den Jahren abnehmend, Erfinderinnenkopf voll wie ein Staubsauger.

Indien und Japan rufen, die Mamita dreht in San Francisco, die Tochter bleibt in Paris, arbeitet in einem Obstladen an der Avenue Général Leclerc, hört wieder BWV 54, widersteht dem Schreiben, das sie jetzt als Erbsünde empfindet, sie irrt durch die Stadt, leidet, ohne zu wissen, warum, wie ein Tier, unter ihrem eigenen Fixstern. In dieser Zeit triffst du mich wieder und verstehst mich, der von sich nur in der ersten Person Singular denkt und schreibt.

Ich sage: »Ich bin doppelt so alt wie du, aber wir werden dieselben Erinnerungen haben.«

Du sagst: »Ich verstehe.« Niederschmetternd.

Der Flughafen, der im Leben der Mamita und des erfundenen Vaters eine so wichtige Rolle spielt, daß du ihn Fluchhafen nennst, wartet. Ich verabschiede mich, stelle eine Tasse Kaffee neben deinen wirren Kopf, du öffnest ein glanzloses Auge, stierst stumpf durch mich hindurch, ich erkenne, daß es zu spät ist für mich, eine Person in deinem Lebensroman zu werden, wirklich zu werden. Und der Fluchhafen wartet.

»Willst du wissen, was Basho im Jahr sechzehnhundertdreiundachtzig dichtete?« sage ich.

»Yo me quedo en Montevideo«, murmelst du einschlafend.

»Hör zu«, flüstere ich dir Basho ins Ohr.

In Kyoto bin ich,
doch beim Schrei des Kuckucks
sehn ich mich nach Kyoto.

Es ist Sommer in Paris, die Dunkelstunde, schlaflose Enten rascheln unsichtbar, Park von Vincennes, sie sitzt unter einem Baum und kritzelt: Nicht ich bin, sondern mein Vater ist der Schriftsteller in der Familie. Er und ich, wir liebten ein Mädchen, sie hieß Djuni und starb jung.

Sie staunt über die Leichtigkeit, mit der ihre Hand »ich« aufs gelbe, linierte Papier setzt.

Sie staunt über ihre Fähigkeit, Punkte zu machen.

Es sind die ersten Sätze des ROMAN VRAI DES OISEAUX, einem Wälzer, der in Millionen von Irrenhäusern spielt, wo jede Liebe, jede Regung einen Vogel hat, der seinen Schnabel nicht halten kann, und alle Menschen irgendwann mit lichterloh brennenden Haaren aus hohen Fenstern springen, um einander ihre Liebe zu beweisen, Feuervögel, die vom Fliegen nur träumen können.

Es ist zum Brüllen komisch, dieses Buch, die Dichterin will, daß wir lachen, und doch führte es zu einer Selbstauslöschungswelle besonders unter jungen Männern und hat bis heute zwei Generationen zu falscher Nachdichtung und Träumerei verleitet.

Der Grund dafür liegt natürlich in deinem meisterhaften Stil, der dich anflog wie die Vögel, von denen du erzähltest, die grausamen flugunfähigen Fabelvögel, die noch im Sturz zwitschern und kollern und schakern: Schaut her, wie allein ich bin, wie verlassen ich bin, wie leid es mir tut, wie schön ich leiden kann. Ich ich ich, schreibst du, wie komisch.

Du erwartest nie gehörte Gesänge von dir.

MORGENTAU Aber sie wollte nicht die alten Fehler wiederholen, sondern neue machen, das hielt sie für die Kunst schlechthin.

Auf dem Flughafen von Rio de Janeiro, wenige Flugstunden vom heimatlichen Montevideo entfernt, die siebenhunderttausend Wörter im Gepäck, erkennt sie und wird erkannt vom Ende der Lust am Leiden. Dieses Ende hat einen Namen, Faith Morgentau, die Teufelstochter eines schizophrenen Rabbiners und einer irischen Kuh. Faith beherrscht viele kleine Künste, dieses und jenes und vor allem das, und sie spielt Harmonium, Glasharfe und Schlagzeug, spuckt Pflaumenkerne in den Himmel, legt ihre von Sommersprossen übersäten schweren Brüste auf die Brüstung des Kasperletheaters im Park am Palacio de Velazques in Madrid, gibt ihnen verschiedene Namen und läßt sie Kasperle spielen (was old Rabbi Morgentau gefallen hätte). Ihr lebt drei Wochen in Madrid.

Faith Morgentau. Ihr Name war dir nicht geläufig, kam in keinem deiner Romane vor, aber du hättest sie auf der Stelle geheiratet, nur um ihren Namen anzunehmen.

Maryse Vincent, die Biographin, verschweigt Faith, sie paßt in kein Bild, alle verschweigen Faith Morgentau, die dir, ohne es zu wollen, von einem Augenblick zum nächsten das Schreiben abgewöhnt.

Ich, kritzelst du auf einen Bierdeckel im »Café Gijón«, liebe dich. Ich will, daß wir immer zusammenbleiben, ich werd verrückt, wenn wir getrennt sind, ich will nicht, daß du fortgehst, ich will hier mit dir sein und dich anschauen, du bist so schön, ich wünschte, du würdest nicht fortgehen, ich möcht dir so viel sagen, ich werd's dir später sagen, nur bitte verlaß mich nicht. Danach schreibst du kein Wort mehr.

»Aber ich geh nicht fort, stupid«, sagt Faith Morgentau. Sie ist nur zehn Jahre älter als du.

»Ich weiß«, sagst du und schenkst ihr den Bierdeckel. »Nimm, es ist eine alte Angewohnheit, kritzel kritzel, ich verzichte drauf, ich verzichte auf alles für dich.«

Faith sagt: »Keiner verzichtet auf das, was er kennt, und du kennst zu viele Dinge.«

Heimlich schreibt sie auf dein Manuskript LE ROMAN VRAI DES OISEAUX den Vermerk: To be sent to the publisher. Faith will deine Stimme hören, will keine nichtdichtende Dichterin, ist stolz auf dich, hat insgeheim Angst vor der Leere der gelebten Liebe, ahnt nicht, daß du neue Fehler machen willst, anstatt die alten zu wiederholen.

Du sagst: »Das Leben sagt, laß dich beschenken von mir. Das Leben sagt, ich bin schön.«

Faith liest zum dritten Mal deine siebenhunderttausend Wörter und wird von Alpträumen heimgesucht. Sie träumt von ihrem Vater, dem schizophrenen Rabbi, der dich aus einem hohen Fenster stößt. Am Morgen eures Abflugs nach Montevideo, wo du sie heiraten willst, fragt Faith Morgentau:

»Wer war deine erste Liebe?«

Du antwortest:

»Sie hieß Djuni. Djuna Weintraub aus der Calle Juan Benito Blanco 704 in Pocitos.«

Faith denkt: Ein Kind erkennt Zeichen, wie eine Katze, die unsichtbar werden in der erwachsenen Welt der Konventionen. Wenn die Eltern sich nicht mehr lieben, das erkennt ein Kind.

Sie weiß, wie krank du bist, sie erkennt die Zeichen.

Über dem Regenwald von Esmeraldas in Ecuador fallen beide Triebwerke gleichzeitig aus. Alle einhundertzwanzig Passagiere und die Crew kommen ums Leben.

DJUNI Ich identifiziere deine Hände unter den Leichenteilen im Dschungel.

Dein Roman erscheint und erzielt hohe Auflagen.

Die anderen zwölf Romane folgen, herausgegeben von Maryse Vincent, die schreibt: »Ein blindes Schicksal beraubte die Welt der Dichtung ihrer jüngsten, verheißungsvollsten Stimme.«

Blindes Schicksal? Du warst ein Mensch, den nur das Wort berührte, und Worte waren nicht mehr zu erwarten.

So schließt sich der Kreis. Als du zwölf warst, hast du dich selbst beerdigt in einem Sarg mit der Aufschrift »Dritte Person Singular« unter dem Eukalyptusbaum am künstlichen Kanal des Parque Rodó.

Zwölf Jahre später beerdige ich deine Hände in Esmeraldas Ecuador. Ja, sie sind gewachsen.

Du warst mein ein und alles, Djuni.

Hier ist das Bild vom Anfang: Deine vierjährigen Hände, deine Finger zählen deine Finger und kommen zu keiner Summe. Deine Mutter und ich, die entzweiten Eltern, horchen an der Tür. Es ist so still in deinem Zimmer.

Wir schauen durch den Türspalt. Du liegst im Bett im Sonnenlicht und zählst deine Finger. Kein Stilleben, weiß Gott.

Die Schule der Blumenmädchen

ZURÜCK Sonntag: Sie haben mich abgelehnt. Raffaela hat mich angesehn und gesagt: »Du bist zu schön, und jeder Trottel sieht dir an, wo du herkommst.« Dabei ist sie die Schöne, ihre Augen sind blau, und ihr rechtes Bein ist zu kurz, sie zieht es eine Spur nach. Raffaela ist was Besonderes. Mittwoch: Sie haben mich ausgelacht. Freitag, Samstag, Sonntag: Sie haben mich fortgejagt und Steine geworfen. Heute: Der Tag meiner Abreise für immer. Die Eltern feiern Abschied in den Bars am Meer. Ich bin sehr unglücklich. Wie soll es weitergehn mit meinem Leben? Raffaela, ich werd eine Kerze anzünden für dich. Ich werd dir Schokolade verstecken, die importierte, im Loch im maurischen Brunnen, noch heute, gleich jetzt …

Im Flugzeug neben mir ein Mädchen (so alt wie ich damals, als ich das schrieb), las in einem Biologiebuch.

Als wir landeten, bekreuzigte sie sich.

Zurück in der Stadt, wo sie mich zeugten, um mich später umzusiedeln nach Europa.

Fand auf dem Speicher mein Tagebuch. Strich durch die Stadt wie ein Marder, auf der Suche nach Raffaela, die mich abgelehnt, ausgelacht, fortgejagt und einen Stein nach mir geworfen hatte vor so vielen Jahren. Will ihr immer noch imponieren, sie erobern. Aber womit?

(Ob sie die Schokolade gefunden hat?)

Mit Worten?

Dann hätten die Eltern gewonnen. Die Eltern dürfen nicht gewinnen, nicht hier, es ist nicht ihr Revier, es würde den Naturgesetzen widersprechen.

Sie haben mich nach den Bildern in ihren Köpfen geformt, sie waren so schlau. Täuschten vor, sie ließen mir meinen Willen. Ja, spiel nur mit den einfachen Kindern, das erfrischt.

Mama schrieb jedes Wort der einfachen Kinder, das meine Wenigkeit heimbrachte, in ihr ewiges Notizbuch. Mein Vater lauschte lächelnd, er sprach die Sprache nicht, Mama mußte für ihn dolmetschen.

Ja, entfalte dich, sagte mein Vater auf Deutsch oder Englisch, den Sprachen seines Vaters, lies Bücher oder laß es, zähl von eins bis zehn oder laß es, blas deinen Gummiglobus auf oder laß es.

Fand auf dem Speicher mein Kindertagebuch und schrieb einen Satz hinein mit grüner Tinte. Will mir immer noch imponieren, mich erobern, mit Worten. Angst vor später: lagere vielleicht in einem Altersheim, später, verblöde dort und schreibe weiter in mein Tagebuch, als sei nix geschehn.

Lebe oder laß es.

Dreiundzwanzig Jahre alt, hochtalentiert für alles und alle, überall gewesen, wo die Eltern waren, alle Sprachen, die sie sprechen. Keine Geschwister zum Lieben, zum Hassen. Kein Bruder, der Ingenieur ist. Keine schwangere Schwester.

Das College cum laude und cum Danny Rodgers, der nicht mich meinte, sondern im Bett alles wissen wollte über meine Mutter. Lebe von ihrem Geld, sie dreht jedes Jahr einen Film. Habe noch eine Rechnung offen mit meinem Vater, er übersetzt jedes Jahr den neuen Bestseller seines Vaters.

Die Eltern schrieben meinen zwölften Geburtstag, als mein Vater beschloß, Spanisch zu lernen, die Sprache meiner Mutter.

Es sei einfach so über ihn gekommen, behauptete er. Eine traurige Geschichte. Hilf mir oder laß es, sagte er. Das geschah nach meiner Umsiedelung in die Stadt Paris, wo (wie Patenonkel Emile schrieb) ein paar Millionen Liebespaare einen Alptraum fabrizieren, um den der Rest der Welt sie beneidet. Mein Vater lernte Spanisch dort.

Habe hier Arbeit gefunden, in einem kleinen Einkaufsladen in der Altstadt. Verkaufe Obst, Kaugummi und Limonade.

Vielleicht bloß eine Pose.

Will nichts mehr sein, nur zu Hause.

Löse die Schecks meiner Mutter nicht ein, sondern sammle sie, staple sie, wie einen Haufen alter Lotterielose.

Bin in die Pension Cervantes gezogen. Im dunklen Korridor sitzt neben einem weißen Hund aus Porzellan ein schwarzer Hund aus Fleisch, stundenlang, manchmal knurrt er leise, der Porzellanhund scheint sein Freund zu sein, den er bewacht.

Hab ihn Dummy getauft.

Die Sonne auf dem Obst, das durch meine Hände wandert. Die Bleigewichte auf der alten, blechernen Waagschale. Die Schrift auf Mamas Schecks, sie verbleicht. So vergeht die Zeit.

Suche immer noch Raffaela, überall, am maurischen Brunnen, am Meer, unter den Eukalyptusbäumen, in den Cafés.

Rechnete mir aus, daß es nicht schwer sein könne, eine hinkende junge Frau zu finden, aber plötzlich hinken hier alle.

Bin wieder zurück in Montevideo.

DER LUTSCHER Die Blinden von Montevideo vermehren sich nach ihren eigenen Gesetzen. Erst siehst du einen, dann siehst du zwei. Dann ist jeder dritte Passant ein Blinder.

»Wo kommst du her?«

»Ich bin blind.«

Mama zieht mich fort von dem blinden Mann, nimmt meine artige Hand, zieht mich zu den Chocadores Electrónicos im Parque Rodó.

»Screech! Slam! Bang! Ouch! Wie dein Vater sagen würde«, sagt Mama.

Sie zeigt auf die kleinen elektrischen Autos, in denen Kinder kauernd wie kleine Teufel aufeinander losrasen, bis es zu wundervollen Zusammenstößen kommt.

Mein erster Zusammenstoß: dem Jungen fällt die Brille von der Nase.

Mein zweiter Zusammenstoß: mit Mama, die's drauf angelegt hat.

Mein dritter Zusammenstoß: verliere meinen Pfefferminzlutscher.

Ein Mädchen fischt im Fahren meinen Lutscher vom Boden, steckt ihn sich zwischen die Zähne. Sieh doch, ihre Fingernägel sind gleichzeitig rot lackiert und schwarz von Erde, ihr Mund ist verschmiert, ihre Mundwinkel komisch langgezogen von der Schmiere.

»Gib mir meinen Lutscher zurück!«

»Ha!«

»Er gehört mir!«

Mama gleitet mit gedrosseltem Tempo in ihrem Chocador vorbei wie eine Lehrerin, wie eine alte Frau. Sie schüttelt stumm den Kopf. Das Mädchen ist ratlos, einen Augenblick. Ihre Augen sind blau.

Wem galt Mamas Kopfschütteln? Wir sind ratlos. Mein Mund geht auf.

»Behalt ihn, dumme Pute!«

Geb mir alle Mühe, schaff aber keinen Zusammenstoß mehr mit ihr, die frech auf meinem Lutscher kaut. Fährt weite elegante Kreise, tut so, als sei sie was Besonderes.

Dies, sagt Mama, als wir den Rummelplatz hinter uns lassen und durch den Park gehen, ist eine Lektion fürs Leben. Was meint sie? Sie schüttelt ihre schwarzen Locken, ihre Augen sind halb geschlossen, sie streckt ihren Arm aus. Ihr kräftiger Zeigefinger deutet auf den Rummel, auf das Karussell, die Buden, das Riesenrad am Meer.

»Der Mensch braucht sein Weltchen, Djuni«, sagt sie. »Nichts großes, nur so was, so ein Weltchen.«

Das war, bevor Mama wuchs und wuchs und von der Welt entdeckt wurde. Weit hinter uns geht der blinde Mann. Neben ihm geht das Mädchen mit den blauen Augen. Sie winkt mit meinem Lutscher.

Das könnte Raffaela gewesen sein, als Kind.

JERUSALEM Frage Frau Hab-ihren-Namen-vergessen, ob ihr gefällt, was sie sieht.

»O ja, o ja, wir werden glücklich sein. So ein gepflegter Park. Und da, aus dem Fenster im einszweidreivierfünfsechssiebten Stock, da schaut Frau Lilly Zondek, die eine Cousine meiner Tante war.«

»Vielleicht will sie aus dem Fenster springen …«

Tadelnder Blick aus tränenden Augen.

»Ach Sie. Immer sagen Sie solche Sachen. Immer solche kalten Sachen.«

Stehn uns die Beine krumm und krummer vor dem neuen Altersheim in Talipot, noch sind Plätze frei. Wär lieber in der Rabenu Tam geblieben, Kant hat Königsberg zeitlebens nicht verlassen, wie mein Vater oder mein Großvater zu sagen pflegten, aber Königsberg ist nicht Ramat Hasharon, das Welthauptquartier der Schlaflosigkeit.

»Stimmt es, daß Ihre berühmte Frau Mama, die Filmregisseurin, einen Film in Jerusalem gedreht hat?«

Bin schweißverklebt, stinke wie ein Sack ungewaschener Socken, meine künftige Zimmergenossin im Altersheim ist eine Sabra oder gibt sich jedenfalls als eine aus, die Lebensgeschichten geraten gehörig durcheinander hier, alle wissen wir nicht so recht, wer wir sind oder waren, alle sind wir stolz darauf, viel zuviel gelebt zu haben, immerhin sind wir das auserwählte Volk, die meisten haben Kinder und Kindeskinder und so weiter, die Schlaflosigkeit regiert sitzend zur Rechten des Tagtraums, aber so mußte es ja enden mit mir, zerrissen zwischen allen Himmelsrichtungen, they call me the wanderer, the wanderer. Danny Rodgers sang das im College, irgendwo in Nordamerika. Bleib deinen Füßen treu, wie Mama immer sagte.

»Meine berühmte Frau Mama, liebe Frau Hab-Ihren-Namenvergessen, ist lange tot. Es war ihr neunter Film.«

Man soll die Eltern lieben und ehren, wenn sie tot sind. Vorher sich selbst tot stellen.

DIE MAUER Ein Jahr ist vergangen. Es ist Winter in Montevideo. Verkaufe jetzt Backwaren und Zuckerstangen. Hin und wieder verläßt Dummy seinen Freund, den Porzellanhund, und fährt mit mir Bus.

Bin nicht schwanger von Renaldo.

Ein Sturm fegte durch die Stadt, die Leute sagten, der Atlantik sei wahnsinnig geworden, nicht mehr Herr seiner Sinne.

Das sagten sie schon immer. Sie sagten auch schon immer: Im Hafen sind die Schiffe sicher, aber für den Hafen sind sie nicht gebaut.

Stieß wie zufällig auf die Hafenmauer, an der Mama die Erschießungsszene für ihren ersten Film drehte. Damals ließ sie keine helfenden Hände zu. Höchstpersönlich stieg sie auf eine Leiter und krakelte mit roter Kreide auf die Mauer: Traidor – No olvida! Zahllose Takes und Wochen später filmte sie, wie der Held an der Mauer erschossen wurde.

Von den Bösen? Oder von anderen Helden?

Weiß nicht mehr.

Ärgerte mich als offizielle Tochter, daß die Schrift von der Mauer verschwunden war. Stellte die Schrift wieder her, kriegte ihr Krakeln ganz hübsch hin, allerdings weiter unten, etwa in Kopfhöhe des Erschossenen. Ist das Liebe?

Rief sie in Europa an, um es herauszufinden.

Erzählte ihr von Montevideo, unserem Weltchen. Vom Winter, vom Sturm, von den Backwaren, die an meinen Händen kleben bleiben, von den Busfahrten mit Dummy. Erwähnte beiläufig die Mauer, meine Tat mit der roten Kreide, mein Ausrufezeichen.

(Ob sie meine Sehnsucht spürte?)

Mama lachte. Es geht ihr gut.

Wir Kinder sind Monster. Haben wir die Wahl zwischen einer glücklichen Mutter in der Ferne und einer unglücklichen Mutter, die im Nebenzimmer kurz davor ist, sich aus dem Fenster zu stürzen, wählen wir ohne mit der Wimper zu zucken die Mutter im Nebenzimmer. Bringt euch vor uns in Sicherheit.

Wozu das ganze Theater? Kinderkriegen, geboren werden,

sterben, doppelt sehen und dann wieder gar nicht sehen, immer am falschen Ort, immer woanders.

Fahre Bus, mit Dummy, immer noch auf der Suche.

In Montevideo, um den Bus zum Anhalten zu bringen, zischen wir leise wie die Schlangen. Das genügt.

DER ÜBERSETZER Mein Vater führt mich aus wie eine junge Dame. Das macht ihm Spaß. Wir gehen dinieren. Er bestellt die Speisekarte rauf und runter und bittet mich, seine Bestellung ins Spanische zu übersetzen. Dann nickt er, setzt mir den Stand der Dinge auseinander, übersetzt mir die Welt, wie er sie sieht.

Lies alle Bücher, die je geschrieben wurden, oder laß es. Wenn du es läßt, ist das eine so ungeheuerliche Entscheidung, daß sie die Weisheit aller je geschriebenen Bücher nicht nur einschließt, sondern möglicherweise übertrifft. Glaub mir das oder laß es.

Seine Liebe zu Mama ist abgeflaut wie der Wind.

»Der Wind ist krank«, ist mein allererster Tagebucheintrag.

Mein Vater übersetzt den jährlichen Bestseller seines Vaters, der ein unglaublich reicher Mann ist und in Philadelphia wohnt, obwohl er in Hargensee, Deutschland, geboren wurde.

Mein Vater übersetzt mir die Weltgeschichte, die deutsche Geschichte, die Geschichte Hargensees, alles zum Sterben langweilig oder komisch, seine Worte bringen mich zum Gähnen oder Lachen. Er weiß, daß er zuviel weiß, und manchmal gähnen wir zusammen.

Er hat eine Geliebte, die nicht bei uns am Tisch sitzen darf. Sie sitzt ein paar Tische weiter, sie lächelt mir zu und schließt die Augen.

»Grammatik ist das halbe Leben«, sagt mein Vater derweil. »Merk dir das oder laß es.«

Ein Mädchen meines Alters tritt an unseren Tisch.

Sie wiegt einen Strauß Plastikblumen wie ein Baby in ihrem Arm.

Ihre Augen sind blau und sehen mich direkt an und sagen: Was willst du mit einem halben Leben, du Tochter eines flatterhaften Vaters, der zuviel weiß und dich vom Geld seines Vaters zum Essen ausführt wie eine junge Dame?

Das Blumenmädchen beginnt sehr schnell zu sprechen.

»Sie, der Sie ein so sympathischer Herr sind und das Glück haben, mit diesem schönen Mädchen hier zu sitzen, möchten ihr gewiß Blumen schenken. Welche Farbe darf es sein? Schauen Sie, wie glücklich sie allein die Vorfreude macht! Sie erwartet, daß Sie ja sagen. Sie kosten nur zwei Pesos. Geld spielt für Sie ja keine Rolle. Ich sehe, ihr fühlt euch wohl zusammen. Schenken Sie ihr ein paar Blumen, sie sind aus Plastik, es sind Blumen, die nie verwelken, sie sind für die Ewigkeit. Und du, du bist so sympathisch und schön, sag ihm, er soll dir Blumen kaufen. Sag mir, wie viele du willst, und welche Farbe …«

Übersetz mir, was sie gesagt hat, sagt mein Vater.

Nein.

Dann laß es.

Also gut.

Das Blumenmädchen erwartet ungeduldig das Ende meiner Übersetzung.

Mein Vater kauft ihr drei Blumen ab, zögert, kauft weitere drei. Die Sonne auf den Geldstücken in seiner Hand.

Das war, bevor er Spanisch lernte in der Fremde.

MONTEVIDEO Merkwürdige Dinge spielten sich in Montevideo ab, der Stadt meiner Kindheit. Sie werden sagen, was Wunder, in der Kindheit ist alles merkwürdig. Aber Sie täuschen sich, meine Dame, denn in Montevideo spielten sich ganz besondere Merkwürdigkeiten ab. Erstens, die Blinden. Zweitens, die Hunde. Sie waren Ebenbilder von Porzellanhunden und mit diesen befreundet. Drittens, die Krüppel. Von dem Augenblick, da man einen Krüppel erblickt hatte, wehte der Wind über den Atlantik immer mehr Krüppel in die Stadt, so daß bald jeder dritte Passant ein Krüppel war. Viertens, die Eltern. In dem Maße, in dem sich Blinde, Hunde, Krüppel vermehrten, verschwanden die Eltern von der Bildoberfläche, es wurde eine elternlose Stadt. Nur im fernen Europa konnten sie manchmal noch gesichtet werden, die verschwundenen Eltern von Montevideo. Fünftens, die Blumenmädchen. Da gab es ein besonderes Blumenmädchen, ihr Name ist mir entfallen …

(Verzeihst du mir diese Lüge?)

… die hatte einen schnellen, pfiffigen Spruch parat, und so verkaufte sie ihre Blumen aus Plastik, die übrigens nie verwelken. Und dann hatte sie blaue Augen, die schönsten Augen der Stadt. Und damit nicht genug, sie zog ihr Bein nach und besaß also diese besondere Mischung aus Liebreiz und Defekt, die man als Kind braucht, um überhaupt geliebt zu werden. Wie nicht anders zu erwarten in Montevideo, vermehrte und vervielfältigte sie sich, bis jedes Mädchen, das irgend etwas hermachte, das irgendwie ankam bei den Leuten, ein Blumenmädchen war.

Frau Baruch schaut aus dem Fenster in den Park.

Wir leben zusammen in diesem Altersheim. Spüre noch immer diesen Stachel, diese Sehnsucht nach Ramat Hasharon, der Altstadt dieser alten Stadt. Nicht nur Klagemauern dort, sondern kraftstrotzende, stolze, alte Mauern, vor denen die arabischen Mädchen Himmel und Hölle spielen, Mauern bepinkelt von Legionen von Jungen und Hunden.

Sechstens, man selbst.

DIE SCHULE Meine Schule ist nicht das Instituto Crandon, wo man meiner Wenigkeit die Sprachen der Eltern und ihrer Eltern und so weiter und so weiter und immer so weiter eintrichtern soll. Meine Schule befindet sich unter freiem Himmel, im Parque Rodó am maurischen Brunnen, und wenn sie mich aufnehmen würden, die schönste Sprache der Welt wär mein, die Sprache der Blumenmädchen.

Dort sitzen sie im Kreis, sie rauchen Richmond, sie trinken Mate wie die Alten und Bier und auch Schnaps, und ihre Augen sind braun oder kirschenschwarz wie meine oder blau wie Raffaelas. Sie haben Augen, denen nichts entgeht.

Raffaela ist die Lehrerin.

Sie lehrt das Alte Testament der Blumenmädchen: Sie, der Sie ein so sympathischer Herr sind und das Glück haben, mit diesem schönen Mädchen hier zu sitzen.

Raffaela lehrt die Naturgesetze.

Sie lehrt: Alle Männer bekommen dieses schwiemelige Schielen, wenn sie verliebt sind. Wenn ihr sie so schielen seht, sind sie reif für eure Blumen. Das ist ein Naturgesetz.

Wenn du, Carmen, der Ceci noch mal in die Quere kommst, reiß ich dir die Wimpern einzeln raus. Jede hat ihr Revier, das ist wie bei den Tieren im Wald. Montevideo ist groß genug für uns alle.

Wenn die Männer abwinken, müßt ihr noch schneller reden.

Behaltet sie dabei im Auge. Wenn die Männer sehen, daß ihr bis zur Erschöpfung weiterreden werdet, kaufen sie aus reinem Selbsterhaltungstrieb. Das ist die Macht der Sprache.

Wer von euch hat Eltern oder wohnt bei welchen?

Ein paar Hände gehen hoch.

Raffaela lehrt: Wenn die Eltern Geld von eurem Geld wollen, das ist, als wollten sie Fleisch von eurem Fleisch. Wehrt euch! Redet mit Eltern ganz besonders schnell, nuschelt. Eltern dürfen gar nicht verstehen, was Kinder sagen. Wenn Eltern predigen, stellt euch taub, stellt euch tot. Altes Hausmittel.

Endlich, nach einem Jahrhundert, erspäht mich Raffaela hinter dem Eukalyptusbaum. Meine Bitte um Aufnahme in die Schule der Blumenmädchen wird abgelehnt.

Du kommst aus einem reichen Haus, sagt Raffaela, ich hab dir und deinem Vater Blumen verkauft, ich weiß es noch genau. Du bist keine von uns. Und außerdem bist du zu schön.

O bitte, nehmt mich auf, bitte bitte bitte, laßt mich eine von euch sein! Laßt mich eure Sprache lernen, bitte!

Ohne mich zu fragen, beschließen die Eltern, vielleicht in diesem Augenblick, während Raffaela ihren Kopf der Rambla zuwendet, wo das Meer beginnt, sich selbst und mich zwangsumzusiedeln nach Europa, diesem alten Knochenhaufen.

Raffaela sieht mich an. Sie steckt sich einen unsichtbaren Lutscher zwischen die Zähne und lächelt und stiehlt etwas aus meinem Herzen, das nie wieder dorthin zurückkehren wird. Auf ewig, wie die Plastikblumen, die sie verkauft.

KUNST Mama kam. Nicht um mich zu holen, nur um nachzuschauen. Sie schaut gern mal nach.

Sie blieb zwei Tage. Wir redeten nicht viel. Dafür sahen wir einander oft an, wie zwei Porzellanhunde, die nicht wissen, wer von beiden echt ist und ob überhaupt einer echt ist.

Ich bin jedenfalls echt, sagten die müden jungen Augen meiner Mutter.

Sie wohnte mit mir in der Pension Cervantes.

Sie wollte Dummy mitnehmen, zum Film.

Hab es ihr verboten.

Brachte sie zum Flughafen.

Erzählte ihr zum ersten Mal in meinem Leben von Raffaela und der Schule der Blumenmädchen, die mich ablehnte.

Mama ist eine Schönheit, nicht nur von Geburt, sondern weil sie es versteht, in regelmäßigen Abständen für unser Weltchen zu leiden.

»Ach Djuni«, sagte Mama bei diesem einen unserer ungezählten Abschiede. »Natürlich hast du unter uns gelitten. Das ist ein Naturgesetz. Und doch: Sieh mich an. Ich bin du. Du bist ich. Vergiß nicht, alles verdoppelt sich in Montevideo. Paß auf dich auf, schau nie zurück und gründe deine eigene Schule. Das ist die Kunst.«

Sie verschwand. Dummy bellte. Dieser Hund war ihr entkommen. Ich blieb allein in unserem unwiederbringlich verlorenen Weltchen und begann zu schreiben.

DIE MITTE Ich schrieb ein Buch und beglich auf diese mühsame selbstekelerregende autistische Weise (es war ein Roman) die alte Rechnung mit meinem Vater, dem Übersetzer der Frauen, dessen Liebe zu meiner Mutter abflaute wie der Wind.

Mein Vater ist lange tot.

Wenn ich an ihn denke, wenn ich ihm eine meiner Postkarten in den Himmel über Buck's County, Pennsylvania, schicke, wenn ich mir meinen Sohn anschaue, der sich bewegt und spricht und in Augenblicken aussieht wie eine merkwürdige Vervielfältigung meines Vaters, dann erfinde ich keinen Schurken mehr wie in meinem Buch, keinen Verräter der Liebe. Ich sehe einen verführten Verführer, halb Mann, halb Hampelmann.

Ich urteile über alles gelassener.

Als ich jung und unglücklich war in Paris, meiner Heimat beraubt, als mein Vater zerstreut und blöde lächelnd und Äonen zu spät die Sprache meiner Mutter lernte und ich, ausgerechnet ich ihm dabei helfen mußte, hielt ich meine Welt für einen vergifteten Apfel, den mir Gott in Seiner Ungüte untergejubelt hatte. Mir fehlte ein Stück meines Herzens, nennen wir es Vertrauen, das Raffaela immer noch zwischen ihren Zähnen hielt.

(Ob sie die Schokolade je gefunden hat?)

Mein flüchtiger Vater, der Katastrophen einleitete, die auf anderen Blättern, anderen Seiten geschrieben stehen, sprach er nicht wie Raffaela? Bot er seine Plastikblumen nicht ebenso feil wie sie, für die Ewigkeit?

Lieb mich oder laß es.

Ein wenig bröckelnde Mauer, ein wenig Hanswurst, ein wenig Ich.

Und ich bin sicher, verdammt, sie hätten ihn aufgenommen in die Schule der Blumenmädchen.

RAFFAELA RUFT Hab wieder begonnen, Tagebuch zu führen, lächerlich mit meinen zweiundachtzig, aber die Tage sind leer sonst. Bücher! So ein Irrtum. Musik! Macht auch nur geisteskrank. Filme! Herrgott, da flimmerte irgend etwas an unseren Augen vorbei.

Frau Baruch ist gestorben. Diktiere diesen Quark Frau-Hab-Ihren-Namen-vergessen.

Frau Margolin? Auch gut.

Haben Sie etwas gesagt?

Höre Stimmen, wie damals beim Schreiben.

Das war schön, solange es dauerte. Jeder Satz ein kleiner Ruck durch und durch, nur zu vergleichen mit den wundervollen Zusammenstößen zwischen den Chocadores Electrónicos, in denen wir Kinder aufeinander losrasten. Schrieb die letzten Sätze meines Buches auf einer Bank an der Rambla zu Füßen des George Washington Denkmals, errichtet vom dankbaren Pueblo der República Oriental del Uruguay für the People der Estados Unidos.

Grauenvoll. Da haben Sie Amerika, das ganze, oben und unten, hinten und vorn, Kopf oder Zahl, money money, Kopf oder Arsch.

Aber Georgie in Bronze war süß. Klein wie Kant schaute er hinüber zu Mamas Weltchen, zum Park, zum Rummelplatz, zum Riesenrad am Meer.

Wissen Sie, ich liebe die Geräusche der Altstadt, jetzt, da ich blind bin.

Und manchmal weiß ich nicht, ist es Jerusalem, Tel Aviv? Ist es woanders? Wo ist woanders? Ist es mein Montevideo?

Die Mauern der Altstadt sprechen und warten darauf, daß man mit ihnen spricht. Das war immer so.

Man selbst, also ich, weiß nie, wußte nie, was man wirklich wollte.

Alles Trugbilder.

Wenig wirklich.

Klein wie Kant, diese Statue, schaute sie hinüber zu Mamas Weltchen, und nicht weit, nicht weit, am maurischen Brunnen, also wirklich nicht mehr weit, ruft Raffaela: Sie, der Sie ein so sympathischer Herr sind und das Glück haben, mit diesem schönen Mädchen hier zu sitzen! Schauen Sie, wie glücklich allein die Vorfreude sie macht! Sie erwartet, daß Sie ja sagen. Sie kosten nur zwei Pesos. Geld spielt für Sie ja keine Rolle. Ich sehe, ihr fühlt euch wohl zusammen.

Raffaela ruft: Schenken Sie ihr ein paar Blumen, sie sind aus Plastik, es sind Blumen, die nie verwelken, sie sind für die Ewigkeit.

Don Lujo der Dritte

Ich werde gerne gefragt, warum ich euch weiter und weiter erzähle. Die Antwort ist einfach. Vor meiner Zeit geschah Unglaubliches.

Von meinen Onkels, verstreut über die Welt wie die Städte und Verstecke meines späteren Lebens, *uncle* Meyer Mushkin aus der Mount Vernont Street in Philadelphia, *mon oncle* Audrain aus der Avenue Denfert Rochereau in Paris, *mi tío* Ringold Schneider (ja, *der* Ringold Schneider), und das sind längst nicht alle, war nur einer mein echter Onkel. Er war der König der Onkels, und er war der schönste Mensch, er war mein Jesus, schöner als ein Mensch sein sollte, obwohl er sich selbst für eine flüchtige Skizze hielt, einen Versuch, eine Übergangsform. Ach, wir sind eine tragische, tragische Familie, sagte seine Mutter, *abuela* Beatrice, mehrmals am Tag, nicht ohne Stolz, Shakespeares Tragödien und die der Griechen auch, sie sind nichts, nichts verglichen mit dem Privattheater unserer Familie.

Er war der König, und ich habe den grünen Coupon noch, seinen letzten Gewinn, seinen einzigen. Laß ihn nicht verfallen, sagte Onkel Maxi.

Cuando el reloj marca las seis
Las calaveras elijen un rey

Als Don Lujo der Dritte in Maroñas stürzte und stürzte und wenig später erschossen wurde, als dieses Tier mir sein demütiges, unverständiges, dunkles Auge zeigte, in dem ich die Abendsonne verschwimmen und verlöschen sah, drückte der König mir den grünen Coupon in die Hand: Für dich, Djuni. Laß ihn nicht verfallen. Doch ich ließ ihn verfallen.

König Maxi war am fünfundzwanzigsten Dezember (zwei fünf, Quersumme sieben, Bedeutung: Das Wort wird Fleisch) aus Las Vegas heimgekommen nach Montevideo. Nach einem euphorisierenden Vorweihnachtsmitternachtskonzert für die träumenden Sklaven, die von den Bartheken und Spieltischen, aus den Küchen und Zählstuben und Zigarettenlagern des Strips herbeieilten, ihre Träume hinter sich herziehend wie betagte Schoßhunde, Mitternacht in Nevada in der Stadt ohne Uhren, unschuldige sieben Uhr morgens auf der Rambla in Pocitos, hatte Buddy Rich zum dritten Mal unter händeringender Anteilnahme seiner Entourage die Buddy Rich Big Band verspielt. Jeder Süchtige braucht sein Publikum. Ohne ein Publikum hört er auf, süchtig zu sein. Mütter, Großmütter, Tanten, bangende Ehefrauen, liebende Geliebte, zitternde Kinder, das ist sein Publikum, immer bereit für die Tragödie, immer gleich wach, immer liquide, Geld, Tränen, wo ist der Unterschied? Euphorisierendes Mitternachtskonzert, den Sklaven führte Buddy Rich an seinen Trommeln und Zymbeln vor, mit welch alptraumhafter Präzision ein Träumer arbeiten kann. Der berühmte Snare-Drum-›Propeller‹-Zweierwirbel, auf dessen Höhepunkt man Buddys beringte Hände nicht mehr zu sehen vermochte; so schnell war er, der kleine Jude mit dem Gorillagesicht, Bernard Rich aus der Gosse, aus dem Stetl Brooklyn, aus dem Zeitalter der Gassen, Buddy ›The Killer

Machine‹, der größte noch lebende Schlagzeuger des Erdenrunds. Dann rotierten die Propeller-Hände über den Jeton-Gebirgen in allen sechs Boxen des Blackjacktisches und verdoppelten den Einsatz bei jedem Bilderpaar und bei jeder Elf, bis der schnellste noch lebende Schlagzeuger zuerst seine Saxophonsektion und dann die Blechbläser verspielt hatte, samt und sonders hoffnungsfrohe Nachwuchsmusiker, viele Quäkerjungs darunter, ihre ehemaligen Mondgesichter jetzt verzehrt und vernarbt, die es aus den Kollegien des Mittelwestens über die Kellerwohnungen der Bleecker Street bis zu Bernard der Maschine geschafft hatten, den kreischenden Lemuren in ihren Nacken kräftig Zukker gebend.

Und Onkel Maxi war dabei gewesen in königlichem Gewand, der rubinroten Paradeuniform mit den goldenen Epauletten, die er damals in der Stadt ohne Uhren trug, hatte Aschenbecher ausgewischt, leere Gläser fortgetragen, Buddys nasenblutdurchtränkte, cremefarbene Seidentaschentücher vom tiefen Teppich mit den eingewebten Cäsarenköpfen aufgehoben, die Maschine zum Stillstand kommen sehen. »I have been one acquainted with the night«, zitierte Onkel Maxi mit dieser sonderbar leisen, entfernten Stimme eines niederen Tieres oder Außerirdischen, die ich heute noch höre und die klang, als sei sie schon Welten durch den Raum gereist auf dem Weg zu einem Empfänger, und die ich heute noch höre. Und steckte sich, wie vor ihm sein Vater Ludovico ›Die Nase‹ Weintraub, mit dem goldenen Dupont eine *Newport* an. Jennifer, Sue, Angel Eyes setzten sich neben ihn, als sei es das Selbstverständlichste von der Welt. Das mit einer letzten unbezahlten Rate belastete Sofa eines jungen brasilianischen Zokkers namens Vesuvio, der am Ende Cocktailkirschen polierte und Mordopfer wurde, einen geleasten Fernsehapparat, einen Safe aus zweiter Hand voll mit brasilianischen *Garoto*-Bonbonpackungen und dreiunddreißigtausendsechshundert Dollar Schulden (Quersumme zwölf, Zeichen der ›dritten Welle‹ der Makkabäerzeit, nach der es nur noch Vergangenes geben wird) nannte Onkel Maxi sein eigen. Sowie, ohne daß er nur einen Finger zu krümmen brauchte: Jennifer, Sue, Angel Eyes, doch nahm er Frauen und anderes seitlich Geschehendes nicht mehr wahr. König Maxis Blick blieb auf Ziffern, Zahlen und Zeichen gerichtet. Nachdem er auf vergoldetem Tablett das lachsfarbene Telefon an den Blackjacktisch getragen hatte, wo Mr. Rich, die gekillte Maschine, ein Zukunftslächeln übte für den neuen Lügenvorrat, die neuen Illusionen, für die Zersetzung der Welt, war Maxi im Palast der Pferdewetten über Bildschirm ein Zeichen erschienen, das seinen neuen Glauben an das Zuschauen erschütterte. Jahre schon schaute Maxi mangels Masse nur noch zu, wie andere verloren, er liebte es, die anderen verlieren zu sehen, ein König, der auf seine Untertanen herabblickt, die *gringos* mit den gefüllten Brieftaschen, ihre Einsätze *en prison* und die Zero zum zweiten Mal; näher war er Gott nie gewesen.

Cuando el reloj marca la una
Las calaveras salen de la tumba

Maximilian Weintraub, einziger, mit allen hohen Hoffnungen der südlichen Halbkugel belasteter Sohn einer heruntergewirtschafteten Glaserdynastie aus Montevideo, hing zuvor in Las Vegas, der Stadt ohne Uhren, der alten Religion an, durch ununterbrochenes Spielen, begleitet von immer höheren Dosen Kokain und Whisky Sour endlich dorthin zu gelangen, wo alles immer weiter geht und niemals aufhört, in die magische Höhle der permanenten Hoffnungslosigkeit, zum höhlenhaften Gerichtetsein. *I have a dream, Buddy. My overpromised self set free.*

Vor meiner Zeit geschah Unglaubliches. Zum Beispiel das Kind, das Millionen Pesos in der ›Cinco de Oro‹ gewann. Andere Kinder trugen ihre Eimer und Schaufeln und Schaukelpferde zum Strand, dieses Kind trug sein heimliches Zigarettengeld zum Kiosk an der Avenida 18 de Julio und kreuzte Zahlen an, alle fünf goldrichtig. Die Zeitungen, das Radio, das Fernsehen berichteten in Superlativen, Eintrag ins nationale Guinness-Buch der Rekorde, ein Kind uruguayischer Eltern! Andere Eltern aus anderen Ländern mochten bekannt werden als Erzeuger von Klavierwunderkindern und Weltmeistern im Tortenessen, diese Eltern hatten einen geborenen Lotteriegewinner in die Welt gesetzt, einen Hellseher möglicherweise, das Telefon stand nicht mehr still, Bettler und Parapsychologen belagerten das Haus. Fast unnötig nachzutragen, daß Onkel Maxi mit dem Häuflein, das Vater Ludovico schließlich übrig ließ, seine fünf glorreichen Kinderzahlen auf allen Roulettetischen der Galaxis setzte. Sie kamen nicht wieder.

Er studierte das Fach Sehnsucht, reduzierte es auf das Wesentliche, die Sucht, und verspielte, was ihm unter seine schönen, schlanken Finger kam, Jahresgehälter, Tagelöhne, Portokassen, Brautkleider mitsamt den Bräuten. Rabbiner, Kuren und Therapien schlugen nicht an, im Gegenteil, so inbrünstig praktizierte er die alte Religion, daß Rabbiner und Ärzte kurz über lang konvertierten und ihre Praxen, Häuser und Staatsanleihen verwetteten. »Entgiftung. Vergiftung. Wie Sie wollen, Señor Weintraub.«

Als ich in Pocitos Montevideo geboren wurde, schuldete Onkel Maxi seiner Schwester, meiner Mama, Tausende von Dollars und *abuela* Beatrice, seiner Mama, seine sämtlichen Knochen und Zähne, das wurde vor mir verheimlicht, doch das fand ich heraus. Seine Knochen habe ich ihm beliehen, flüsterte *abuela* Beatrice in mein Ohr, und weißt du was, Djuni, ich würde es immer wieder tun, das ist Mutterliebe. Ich schrieb heimlich ein Lied für meinen geheimnisumwitterten Onkel Maxi, den Gewinner der ›Cinco de Oro‹, den ich noch nie gesehen hatte, weil er ›im Ausland‹ weilte, und den ich mir als Knochenskelett, als *calavera* vorstellte.

Cuando el reloj marca las doce
Las calaveras se ponen en pose
Chumbalaca chumbalaca chum bam ba

Eine Europäerin mit Namen Marie José setzte sich neben ihn, als sei es das Selbstverständlichste von der Welt, altes madrilenisches Geld, rasch wurde mein armer Cousin Ernesto geboren, und eine kleine Weile unterwarf Onkel Maxi die Illusionen seiner Religion einer gewissen Regelhaftigkeit, errechnete das makkabäische und arabische Schicksal des armen Infanten, plante Cousin Ernestos Leben bis zur Landung auf Mars und Jupiter voraus, das alte madrilenische Geld stets im Winkel seiner sanften, dunklen, langbewimperten Augen. Und aus dem Augenwinkel rief das madrilenische Geld ihm lauter und lauter zu: *Cuando el reloj marca las cinco, las calaveras pegan un brinco. Chumbalaca,* der Jupiter war nicht weit genug, bis zum Delta-Quadranten sollte eine nennenswerte Zukunft für Ernestito sich ausdehnen, rücken wir ein paar Felder vor, nach Las Vegas, dem uhrenlosen Wüstenserail, Sammelplatz der Zeichensucher und Ziffernkönige und Zahlengelehrten, die alten Gnostiker hätten sich die Gliedmaßen abgehackt, um diesen Ort zu schauen.

Onkel Maxi blieb in Las Vegas bis zum vierundzwanzigsten Dezember des Jahres, in dem ich sechs Jahre alt wurde, Unglaubliches war vor meiner Zeit geschehen, und ich wollte alles, alles davon glauben, ich ahnte wohl, daß ich später jeden Glauben verlieren und verfallen lassen würde, wie meinen grünen Coupon. Am fünfundzwanzigsten tauchte er ohne Vorwarnung bei uns in Montevideo auf. Am sechsundzwanzigsten, der ein Sommertag werden sollte wie aus dem Bilderbuch (Quersumme acht, Bedeutung: der Gaul mit den acht Zeichen), starteten auf der Rennbahn in Maroñas die debütierenden *yeguas* und *potrillos* zum Großen Preis, die Börse stand bei hundertsiebenundfünfzigtausend US Dollar, *chum bam ba*. Das argentinische Geld schipperte schon über den Rio de la Plata, »die argentinischen Katzen«, sagte mein Onkel Maxi, »schauen in den Spiegel und sehen einen Löwen«.

Diesen Satz hörte er von seinem Vater, dem ebenfalls bereits vor meiner Zeit ewig abwesenden *abuelo* Ludovico ›Die Nase‹ Weintraub, der ihn wiederum von seinem Vater Ernst-später-Ernesto Weintraub hörte, dem Glaser aus Litauen, der vor dem ersten Weltkrieg im Hafenviertel von Montevideo mit seinen Fensterscheiben zur Klarsicht und zum Reichtum Uruguays beigetragen hatte und seine englischen Hüte an der Rambla von Pocitos spazierenführte, während Bernard Richs Vater in Brooklyn noch Strohhalme kaute und sein Sohn auf einem zerbeulten Blechtopf trommelte. Mein *bisabuelo* Ernst Weintraub schleppte die Kabbala nach Montevideo ein, die Sehnsucht nach Zeichen, die eine Weltangst ist. Gott, wie diese meine Vorfahren, meine Leutchen aus dem europäischen Osten den großen Klassenlehrer nannten, diktierte ihnen Wort für Wort, Zeichen für Zeichen, was er zu sagen beabsichtigte. Es werde Licht, diktierte er in die Thora, und es ward Licht. So entstand die Weltangst, beim großen Diktat spürten meine Leutchen das Verrinnen der Gegenwart, denn alles stand geschrieben und gezeichnet, und in der Vergangenheit lag die Vergänglichkeit, eine Zwickmühle, aus der es kein Entrinnen gab, es sei denn, man fütterte die Mühle mit neuen Zeichen. Ich erzähle euch, mein bei Tag und bei Nacht arbeitender Glaserurgroßvater ließ seinen vierzehnjährigen, schamhaften Sohn Ludovico beim ersten Bordellbesuch in die falschen Knochen (Holzbein) der Hure Anaconda die Zeichen *D. L.* ritzen; dann fuhren sie im offenen Sherman, *Players Navycut* rauchend, nach Maroñas, und *bisabuelo* Ernesto setzte ein paar Pesos auf den häßlichsten *potrillo* der Saison, Don Lujo, einen struppigen braunen Pinto, der beim Vorführen kaum seine vier Hufe auseinanderhalten konnte vor Nervosität, dessen Name jedoch aus sieben Zeichen bestand, die Gott für Ernst direkt unter die Mesusah ans Türschild genagelt hatte, als Er ihm diktierte, sich fortan Ernesto mit den sieben Buchstaben rufen zu lassen. Don Lujo gewann im neunten Rennen mit sieben Längen Vorsprung.

Fast unnötig nachzutragen, daß Ludovico ›Die Nase‹ Weintraub fortan die Thora wörtlich nahm und zunächst gleich Dichter werden wollte, ohne den mühseligen Umweg über die väterliche Glaserei, damit aus Worten Licht werde. Immerhin gewann er mit seinen Gedichten, seinen Briefen, seinen Schwüren die stadtbekannte Schönheit Beatrice Trenado, Tochter einer

Gymnastin und Freidenkerin, die neben ihm Platz nahm, als sei es das Selbstverständlichste von der Welt. Sie setzten zwei Kinder in diese zeichenvolle Welt: meine Mama Letitia und Onkel Maxi, den späteren Lotteriekönig. Während aus Bernard Rich in America del Norte Buddy Rich wurde, der sich mit Gene Krupa in der Carnegie Hall zum heidnischen Trommelduell *on wax* traf und von seinem Freund Frank Sinatra eine goldene Patek Philippe geschenkt bekam, verlor der Nachkomme Ludovico den Rest der Glaserei durch den Nachkommen Don Lujo II, der mit mindestens acht Längen Verspätung im neunten Rennen über die Ziellinie gepeitscht wurde. Ludovicos Zeit verging wie ein Pferderennen, der Traum der hinteren Geraden, das Menetekel des Längenpfostens, die Schmach der Klubhauskurve, die Wahrheit der Ziellinie, am Ende der Totalisator. Er flüchtete vor seiner Familie, vor seinem schamhaften Sohn, der beim ersten gemeinsamen Bordellbesuch in Tränen ausbrach und auch nicht durch Ludovicos Beschwörung der alten Gnostiker zu beruhigen war, denen zufolge eine Sünde nur auszulöschen sei, indem man sie begehe. Schließlich flüchtete Ludovico vor seinen Firmen wie die glücklosen Rennstallbesitzer vor ihren Pferden. Weintraub Limited, Weintraub & Associates, ja sogar Weintraub Incorporated waren überall in Südamerika aus dem Boden geschossen, kapitalfressende Pflanzen, und die Dollars und Pesos und Wechsel wanderten in die moskitobelagerten Pokerrunden auf den morschen Verandas und in die grottigen, feuchtschwülen Casinos von Ortschaften wie Santa Esmeralda, Santa Maria, Santa Nada.

In Las Vegas entdeckte der zum Cocktailkirschenpolieren degradierte brasilianische Barkeeper und Kleinzocker Vesuvio die verschwundenen, gestohlenen, von seiner Mama aus São Paulo mit Liebe und Sohnessehnsucht verschickten gelben *Garoto*-Schachteln stapelweise gehortet in Onkel Maxis Safe. Die einzelnen Bonbons in verschiedenfarbigen spielerischen Verpackungen, Einfälle eines glücklichen Narren in der Bonbonfabrik, eines Unsüchtigen, mit Namen wie *Caribe, Opera, Surreal, Crocante.* Und dem Prachtstück, dem Höhepunkt jeder *Garoto*-Schachtel, der dicken, in goldgelbes Papier mit roter Sternenschrift gehüllten Nougatkugel *Serenata de Amor.* Ich hebe sie für meinen Jungen auf, sagte Maxi leise, ich bezahle sie dir später. Im geleasten Fernsehapparat lief *Earth TV*, die Kamera fuhr durch venezianische Kanäle, die Laufschrift informierte die Welt, daß der letzte Doge siebzehnhundertsiebenundneunzig abgedankt habe. Maxis Augen starr auf Venedig gerichtet, als suche er den Schatten des Dogen. Vesuvio verließ Maxis Vegas-Loch, lebte noch zwei Tage, wurde mit eingeschlagenem Schädel in seinem eigenen Vegas-Loch gefunden, der oder die Täter, wie man sagt, unauffindbar. Einige Wochen zuvor hatte Onkel Maxi meinen armen Cousin Ernesto in der Stadt ohne Uhren begraben und war zu seinem neuen Glauben an das Zuschauen übergetreten, Ernesto hatte Sehnsucht nach seinem Vater dem König gehabt, einen Bettler vorgefunden, und der Bettler hatte ihm mehr, viel mehr gesagt als der König, und sie bettelten gemeinsam, der Vater um Geld, der Sohn um Heroin, mein armer Cousin Ernesto wurde nur siebzehn, es geschah vor meiner Zeit.

Buddy, dessen Privatjet gepfändet, aber vollgetankt und einsatzbereit war, verließ mit seiner Entourage einen Tag vor Weihnachten den Palast, um nach New York zu fliegen, wo die Plattenfirma Illusionsnachschub bereithielt für den letzten lebenden Drummer, der den Propellerwirbel beherrschte. Der *nébechinker* aus Montevideo hielt ihm die Tür der Stretchlimousine auf. Ein Blick, ein Zeichen, eine geschlossene Welt. Buddy wußte, nickte, gab, besser gesagt seine begnadeten, beringten Hände zauberten, propellerten das kleine Bündel Scheine in die Westentasche der Paradeuniform meines Onkels. Tausend Dollar, ein Klacks für Buddy, das Flugticket für Onkel Maxi. Auf den Bildschirmen des Palastes, wo die Rennpferde der Welt ein einziges, ewiges Rennen liefen, hatte er seinen alten Glauben wiedergefunden: *Don Lujo III reapareció con claro triunfo en Las Piedras*. Las Piedras, die andere Rennbahn in Uruguay, kein Vergleich mit Maroñas, lediglich die Generalprobe für Maroñas. *This time I'll win, Buddy.*

Mama setzte sich neben ihn, als sei es das Selbstverständlichste von der Welt. Ihr Bruder Maxi, was gab es zu sagen, zu klagen, sie kaufte ihm das Rückflugticket ab, mein Vater Samuel Fuchs, der große Sprachspieler, aber des Spanischen immer noch nicht mächtig, steuerte geistesabwesend seinen Obolus bei, fünfzig Dollar von dem Geld, das er mit der Übersetzung der Bestseller seines vor den Deutschen nach Philadelphia emigrierten Vaters aus dem Englischen ins Deutsche im Schweiße seines Angesichts verdiente. »*Padres emigrantes, hijos comerciantes, nietos atorrantes*«, sagte *abuela* Beatrice. Die faulen nichtsnutzigen Enkel waren das Problem, Enkeltöchter wie mich inbegriffen. Sie nagten an den alten Zeichen und Ziffern und fraßen sie auf und fütterten die alte Zwickmühle nicht mehr, so daß sie sich nicht weiterdrehen konnte. Was ist schlimmer, drei Generationen unaufhaltsamer Untergang und Familienzerstörung und Weltangst und Tränen und Geld und enttäuschte Liebe und Tod, und all das im alten Glauben an die Zeichen und Ziffern und Zahlen, an das höhlenhafte Gerichtetsein, an Schuld und Sühne – oder eine

Generation ganz ohne Glauben? Vor meiner Zeit wußte man die Antwort, ich weiß, Onkel Maxi wußte die Antwort, aber ich weiß sie nicht, denn ich gehöre zu der Generation ganz ohne Glauben. *Abuela* Beatrice verkaufte ein paar antike Erinnerungsstücke, auch die Spieluhr des Stammvaters Ernesto, sie spielte schon in Litauen ›Heute macht die Welt Sonntag‹ und ›Die Fenster auf, der Lenz ist da‹. Nie wieder sollte ihr Sohn seine Knochen beleihen.

Das Publikum war vollzählig versammelt. Du denkst, du kannst dich einfach ausblenden und wieder einblenden, sagte Mama, die Regisseurin, zu ihrem Bruder Maxi, aber so funktioniert das nicht. Jahre später würde sie diese Regieanweisung Wort für Wort wiederholen, zu Ringold Schneider, dem nach sich selbst süchtigen Schauspielerdarsteller und Vaterdarsteller, auf dem Jerusalemer Set ihres Films *Der Vogel, der spazieren ging*, aber diese Geschichte erzähle ich euch an einem anderen Tag. Da gestand Onkel Maxi, inzwischen mit einem für seine Verhältnisse, für die Verhältnisse aller meiner Leutchen beträchtlichen Wettgeld ausgestattet, ihr noch eine schreckliche Sünde und Missetat, von der er sich befreien mußte, um die bevorstehende Freiheit durch den bevorstehenden Gewinn mit Don Lujo III unbelastet genießen, um endlich die Augen schließen zu können. Als kleiner Junge hatte er eine Schachtel *Garotos* aus dem Küchenschrank gestohlen und bei den Nachbarskindern versilbert, um sein heimliches Zigarettengeld anzureichern für den historischen Nachmittag, als er zum Kiosk an der Avenida 18 de Julio wanderte und die richtigen fünf Zahlen ankreuzte. Und Mama wurde die Schuld in die Schuhe geschoben, sie war das Süßmäulchen, Ludovico gab ihr eine demütigende, folgenschwere Ohrfeige »in aller Öffentlichkeit«, die sie ihm bis zu seinem Lebensende nicht verzieh. Diese Ohrfeige bewirkte, daß Mama eine Gerechtigkcitsfanatikerin wurde und wertvolle Künstlerjahre mit dem Studium der Jurisprudenz vergeudete, bis sie es schließlich abbrach. Genau das meine ich, sagte Mama zu Maxi, einblenden, ausblenden, das hast du schon damals gemacht. Und darauf Onkel Maxi brav, wie er es von Ludovico gelernt hatte: Die Gnostiker sagten, die einzige Möglichkeit, sich einer Sünde zu entledigen, sei, sie zu begehen, denn danach bereue man sie. Darauf Mama: Das läuft auf dasselbe hinaus, einblenden, ausblenden, ich aber liebe dich, Maxi, du kannst mir vertrauen, du kannst mir weh tun, vielleicht verstehe ich dich, aber du darfst dich nie wieder ausblenden.

Ich wollte meinem neugewonnenen Onkel Maxi meine Welt zeigen, meinen Strand, die Spuren im Sand, die Hunde im Schilf, die angespülten großen, toten Fische mit den sandigen Augen, den Park, das Riesenrad und die Autoscooter. Er verschob es auf später. Er hatte wenig Zeit bis zum großen neunten Rennen von Maroñas, er besuchte alte Gefährten, entschuldigte sich bei ihnen mit leisester Stimme für einen fälschlicherweise eingesteckten Kamm, ein abspenstig gemachtes Mädchen, eine nie zurückgegebene Schallplatte. Er besuchte den Sohn des Kioskinhabers und entschuldigte sich, daß er ihm nichts abgegeben, keine Schulausbildung in Europa ermöglicht hatte, weiß der Himmel was noch. Ich trottete neben ihm her, diesem schönsten Menschen, mit dem ich je trotten durfte, ich setzte mich neben ihn auf eine Bank an der Plaza Gomensoro, als sei es das Selbstverständlichste von der Welt. Ich bin nur eine Skizze, sagte er, wir sind alle nur Skizzen, Djuni, wir haben die Möglichkeit, das zu erkennen und uns selbst zu zerknüllen. Eine zweite Skizze, glaubte er, gebe es nicht.

Ich versuchte es mit Logik, dem Seltensten in unserer tragischen Familie: Wenn wir nur Skizzen sind, müssen wir nicht irgendwann Bilder werden? König Maxi stand auf und blickte zur Rambla, zum Río, und ich werde niemals vergessen, was ich in diesem Augenblick fühlte, was ich lernte, wovon ich euch immer noch erzähle. Es sind unsere Augen, die das Bild beenden, und jeder kann nur das Bild des anderen beenden, nie sein eigenes, nur das des anderen.

Cuando el reloj marca las tres
Las calaveras cantan al revés

Ich sollte ihm Glück bringen an seinem großen Tag, vielleicht hatte ihn meine Logik überrascht, jedenfalls durfte keiner von der Familie mit ihm Don Lujo III zum Sieg brüllen, nur ich, die Logikerin, durfte Publikum sein. Mama fuhr uns zur Rennbahn, wollte bleiben, doch er gab ihr einen Kuß und schickte sie nach Hause. Quersumme 7, sagte er, das Nummernschild deiner Mama, es bedeutet, die Trauben wachsen auf den Tisch. Es war ein Tag der guten Vorzeichen, meinte König Maxi, Sonne, Brise, argentinisches Geld, argentinische Katzen, alte Männer, Ludovicos Bande, die Gnome von Montevideo mit den vom Pferdeanfeuern hyperatrophierten Halsadern. König Maxi wollte nicht zur Vorführung der Pferde, mochte Don Lujo III nicht gegenübertreten, er lieferte sein Geldbündel am Wettschalter ab und verfiel in eine Trance, wurde zu einer Statue aus Bronze, während ich sah, wie Don Lujo III das Feld anführte und mit den von König Maxi, Kronprinz Ludovico und Stammvater Ernesto immer schon vorausgesagten, immer schon vorausgewußten acht Längen in die Zielgerade ging.

Die Augenblicke eines Menschen können auf einen einzigen Augenblick reduziert werden: das Erkennen der Skizze. Als Onkel Maxi seinen Sohn in Las Vegas zu Grabe trug, wußte er in diesem Augenblick, daß er ein Spieler und Verlierer war, daß es sein Schicksal war, ein Spieler und Verlierer zu sein, und daß er diesem Schicksal gegenüber loyal sein mußte. Mehr stand nicht in seiner Macht. Wir anderen müssen das Bild beenden.

Lamentable. El potrillo Don Lujo III sufrió grave lesión, schrieben die Zeitungen, in denen das Tier vor dem Gnadenschuß zu sehen ist, auf den Knien, mit verdrehtem Mittelfuß, umstanden von Helfern, dem Tierarzt, dem Jockey, dem Besitzer und mir, die ich unter der Absperrung auf die Rennbahn lief. Im Hintergrund die Bronzestatue meines Onkels. Ein gelb gewandeter Gnom stellte sich neben ihn, als sei es das Selbstverständlichste von der Welt, und überreichte ihm einen kleinen grünen Coupon. Die Helfer drapierten große Tücher um Don Lujo III, die Bronzestatue kam auf mich zu und drückte den grünen Coupon in meine Hand: Für dich, Djuni. Laß ihn nicht verfallen. *Todos ganan!* las ich, alle gewinnen mit *Garoto*. Am Ende hatte er doch noch gewonnen, *un bombón Serenata de Amor*.

In derselben Nacht brach Onkel Maxi beim Tierarzt ein, stahl das Gewehr, mit dem Don Lujo III nach alter Väter Sitte den Gnadenschuß erhalten hatte, zog sich an einen der Öffentlichkeit und Kindern unzugänglichen Ort im Hafenviertel von Montevideo zurück und zerknüllte die Skizze.

My overpromised self, Buddy, set free.

Wir müssen das Bild unserer Toten beenden, auch wenn es schwerfällt. Andere werden eines Tages dasselbe für uns tun. Mit jeder Geschichte, die ich euch erzähle, löse ich den grünen Coupon ein, den ich verfallen ließ, als ich ein Kind war. Aber König Maxi wird mich nicht mehr hören. Denn:

Cuando el reloj marca las once
Las calaveras se vuelven de bronce
Chumbalaca chumbalaca chum bam ba

Inhalt

Montevideo 7
Die Feuerschluckerin 41
Der Koch, der nicht ganz richtig war 57
Die Traumdeuterin 81
Falls ich dich vergesse 95
Die Schule der Blumenmädchen 111
Don Lujo der Dritte 129

Lesen Sie vom selben Autor!

MARTIN KLUGER
ABWESENDE TIERE
Roman. 1039 Seiten, gebunden, 2002

Ein aberwitziges Reich voller Rätsel – hinter der Ordnung von Parkwegen, Käfigen und Verwaltungsgebäuden öffnet sich ein Kosmos eigenwilligster Figuren: Kein Welttheater – ein Weltzoo.
Dem Zoodirektor ist die Frau abgehauen. Das Oberhaupt der Anlage rettet sich in die Entwürfe seines »Neuen Nachttierhauses«. Der Professor für Schmerzforschung ist sein unergründlicher Gegenspieler, der in seinem Privatlabor geheime Versuche anstellt. Auch Papageno, der legendäre Revierchef des Vogelhauses, gehört bereits zum Zooinventar. In den Einzelgänger verliebt sich Dorothee Matthes, die als angehende Zoologin eine Stelle im Garten antritt, um über Großkatzen zu forschen. Doch ihre leidenschaftliche Affäre zerbricht an Papagenos Erinnerungen an Jali – an eine bewegende Liebe. Papageno hat die litauische Jüdin in den Dreißiger Jahren kennen gelernt, im Berlin der Olympischen Spiele. Sie will von ihm deutsch lernen, er lernt von ihr die Sprachen, die sie kennt, vor allem die der Liebe. Wie bedroht sie ist, kann Jali nur ahnen. Sie merkt nicht, daß die größte Bedrohung von dem Mann ausgeht, den sie liebt. Eines Tages verschwindet sie. Papageno hofft, im Zoo auf ihre Spuren zu stoßen.
»Abwesende Tiere« ist ein literarisch furioser Solitär. Martin Kluger führt mit grandioser Erzählkunst durch ein Paradies, aus dem sich die Menschen immer wieder selbst verstoßen.

»Martin Klugers 1000-Seiten-Wunderwerk muss man lieben.«
Die Zeit

»Eine der schönsten und traurigsten Liebesgeschichten der neueren Literatur.«
Neue Zürcher Zeitung

MARTIN KLUGER
DIE GEHILFIN
Roman. 318 Seiten, gebunden, 2006

Berlin im Taumel der Gründerzeit: In der Frauenabteilung der Charité kommt ein Kind zur Welt, die Mutter stirbt bei der Geburt. Henrietta Mahlow wächst bei ihrem trunksüchtigen Vater auf, der sich in der Klinik als Krankenwärter durchschlägt. An seiner Seite verbringt das neugierige Mädchen ihre Kindertage zwischen Präparaten und Reagenzgläsern.
Hier in der Charité, dem Zentrum der medizinischen Welt, versammeln sich die großen Forscher: Rudolf Virchow, Robert Koch, Paul Ehrlich, Emil Behring. In den Sezierstuben und Labors wird Henrietta zur Zeugin, wie in wenigen Jahren die Grundlagen der modernen Medizin gelegt werden. Je deutlicher jedoch Henriettas eigene Begabung wird, desto unüberwindlicher stellen sich die Schranken von Herkunft und Geschlecht in ihren Weg. Henrietta entschließt sich zum Versteckspiel und nimmt in Männerkleidern ein Medizinstudium auf – es kommt zum Skandal.

»So lebendig, so vergnüglich, rührend und erschreckend, dass diese fiktive Lebens- und Liebesgeschichte ein einziges großes Lesevergnügen ist!«
Brigitte

»Bis an den Rand der Tränen treibt Martin Kluger den Leser ... Ein selten dichtes, aufregendes und gedankentreibendes Buch.«
Die Zeit

»Kluger mischt Medizingeschichte und Arztroman, markante Charaktere, harte Fakten, komisch, ironisch und sentimental ... ist das schön, hineingezogen zu werden in diesen wilden Taumel.«
Frankfurter Allgemeine Zeitung